長江一號

張錫鈞傳奇

吳昭明——著

推薦序

一時多少豪傑——讀《長江一號——張錫鈞傳奇》

／辜公亮文教基金會執行長 辜懷群教授

小說《長江一號——張錫鈞傳奇》在體裁上敘事多於言情，猜是因為作者吳昭明極為尊重委託他改寫張旭原著《台魂——長江一號風雲錄》的顏世鴻醫師、以及顏醫師所提供的口述資料。筆者曾兩次問吳昭明是否在書寫時運用創意，使更具煽聳性？他的回答是他已經「自己發明了很多細節了」。顯然他以「把故事說完整」為要務，無意拽文。其實，在波濤壯闊的大時代裡，有許多可歌可泣卻不為人知的英勇事跡。透過文字記錄和出版，提昇世世代代閱讀者對故人、故事、故園的認識與感情，是讀書人對得起歷史的作為。

對一九四五年前後居住在大陸的人民而言，抗日戰爭從一九三七年七月七日盧溝橋事變開始，到二次世界大戰結束日本無條件投降為止，一共八年；期間居住在大陸的人民馬革裹屍，以血肉築長城，轟轟烈烈地堅持到勝利。倘若加上一九三一年發生的九一八事變及茲後六年在大陸各地爆發的日人侵華事件，當時居住在大陸的人民之抗日工程，從星火到火滅，足有十四、五年之久。

相對於當時居住在大陸的人民，當時居住在台灣的人民之抗日形式全然不同……那不是十五年的沙場浴血，而是五十年的靈魂煎熬。而這煎熬早在民國還沒成立之前的清朝時候，就開始了！居住在台灣的人民之所以被迫過著被人殖民的日子，不是因為民眾犯了什麼損害全球秩序的滔天大罪，而是因為老邁衰弱的清廷在一八九四年跟日本打了個甲午戰爭；打輸了，就簽下不平等的馬關條約，把遠在邊陲的臺灣直接割給了日本！到了一九三〇年代（也就是日本人統治台灣的三十多年後），日本政府開始在台灣實施「皇民化運動」，要台灣人民改用日本姓名，學習日語，對台灣人民的箝制也益來益緊，有人說那是因為打算將台灣正式融入日本帝國體系。經過了四十年的日治，許多住在台灣的人民早已從抗拒漸漸轉為認命，但仍有一群地方菁英對殖民者的強行作風抱持著不甘。他們在彼時選擇渡海到大陸，從事抗日工作。

這群當時逃離了台灣到大陸去的台灣居民，在大陸被統稱為「台僑」。「台僑」

的祖先皆是更早的時候由大陸渡海到台灣的，而「台僑」本身鑒於自小受到日人管轄，大部分精通中日兩語，對日人的思維與行徑之了解也遠勝從未被日人統治過的大陸居民，所以「台僑」一旦到了大陸，很快便被大陸的抗日組織招手。以本書的男主角張錫鈞為例，高雄人，一家都是優秀的眼科醫師。他和他的家人到廈門和上海開設了光華眼科醫生館；仁心仁術之外，順便掩護建立了縝密的諜報網。醫院每天熙來攘往，進出的除了單純的病人，還有國民黨人、共產黨人、其他從台灣去的親友故舊。「情報頭子」張錫鈞還獲得了「長江一號」的代稱。

一九三〇年左右的大陸，中華民國已經建立。遺憾的是由國民黨主政的國民政府與中國共產黨因為政治理念差異，互鬥不休。同時，除了國民政府外，中國共產黨也有了自己軍隊。

盧溝橋事變（一九三七年）後，國民政府宣布全面抗日，情報工作要緊。後來（一九三九年）第二次世界大戰開打，張錫鈞團隊的「服務範圍」擴大。是他們，截獲了日軍打算偷襲珍珠港的消息，並轉遞給美國；也是他們，截獲了日軍打算放棄跟蘇聯纏鬥而改攻南洋的消息，並輾轉給了蘇聯。就是他們，關鍵性地促進了日本的戰敗與投降。

日本無條件投降，台灣被殖民的惡夢結束了！張錫鈞一家人打包、收拾、移交了各種文件；解散了情報組織。張錫鈞從長江一號的扮演中洗盡鉛華，留在上海，恢復了單純的醫師生涯，還受到國民政府的青睞。

誰知飛來橫禍；曾經為它幾度不顧生死的故鄉台灣，並未因日人的離開、國民政府的到來，而變成夢想中的快樂天堂。國民政府派遣到台灣的「行政長官兼警備總司令」陳儀的施政，是一場災難。不得人心的政策與做法，引發了「二二八事變」，住在台灣的人民流血淌淚。張錫鈞等「台僑」在國防部長白崇禧協助下，從南京搭乘軍機回到台灣，意圖宣慰同胞，折衝協調。結果不但好意成空，現場還差一點動了武。張錫鈞一行人在台灣停留不到一天，就飛回了大陸！多年前離開台灣時，張錫鈞曾放言要乘著軍艦打回台灣。如今他乘著軍機來，誰也沒有打著，又乘著軍機走了。戰爭是勝利了！但天不從人願；一切為了台灣福祉所做的努力，好像換來的不是歡慶，而是另一場倉皇。

彼次從台灣過海到大陸，張錫鈞內心的澎湃應不亞於高呼要乘軍艦回來的當年——不能回頭找清廷算老帳（清朝沒有了），不願再被日人統治（日人也被打跑了），不甘接受台灣省行政長官粗鄙蠻橫的對待（局勢僵住了），更不願認同源自蘇聯布爾什維克的共產黨！多年的離鄉背井苦心孤詣，彷彿瞬間沒入了歷史的長河，化成了浪花上的泡沫。這種種，是何等難以下嚥的不甘！張錫鈞的團隊散了；有人去海外，有人留大陸，有人退隱台灣。張錫鈞留在大陸，卻在一九五八年被中國共產黨判了重刑，解送青海二十餘年，直至一九八〇年才獲平反。

抗日期間，「長江一號」張錫鈞曾經與中國共產黨合作，但若干年後他被中國共產黨判刑放逐，最後獲得平反。「長江一號」張錫鈞也曾經與中國國民黨合作，卻無法拯救台灣同胞於「二二八」水火，只能悵然再告別故鄉。畢竟他只是一個凡人！但他的所做所為，非為一己之私，而是為了救助和保護更多人的生命與尊嚴。後世懷念他，乃因他在極艱辛的情況下為救他人，奮不顧身。在動亂的時代裡，「長江一號」張錫鈞帶領著他的情報團隊，對他摯愛的家鄉台灣和全球受二次世界大戰影響的人民，確有著無可抹滅的卓越貢獻。

歷史告訴我們；國與國、人與人的關係都會改變。也許世上沒有永遠的敵人，也沒有永遠的盟友。但人總要莊敬自強，不吝為理想付出，不辜負善良。

謝謝吳昭明讓我讀到了《長江一號——張錫鈞傳奇》。它填補了我腦洞中的幾許模糊與空白，給它們換上了鮮明熾烈的色彩。

敬筆於二〇二四・一一・一八

推薦序

遺落在歷史邊緣的紅色傳奇

／國立成功大學文學院 鍾秀梅教授

在台南府城工作、居家二十年，時常感受到舊俄作家契科夫所說的：「生活是惱人的牢籠，一個有思想的人到了成年時期，思想意識成熟了，就會不自主地感到自己好像關在牢籠裡，逃不出去似的。」直到讀完吳昭明先生的《長江一號——張錫鈞傳奇》，才彷彿從這種契科夫式的牢籠感解放出來。

吳昭明先生出生於米街。老台南都知道，位於府城西定坊周邊街道的「米街」，昔日車水馬龍，人文薈萃，店鋪林立，早在十九世紀初的嘉慶年間就已經出現在《台灣縣誌》城池圖中，台灣唯一父子連登進士榜的施瓊芳、施士洁即是米街人士。米街這個老城區出現過無數風流人物，也留下了許許多多的老故事。於今，吳昭明為我們敘述的則是一則傳奇，一則被遺落在歷史邊緣的紅色傳奇。

本書作者吳昭明是資深記者與報社總編輯，有多本著作與書畫結集。此外，他也是戲劇愛好者，曾參與小劇場演出，也曾出現在侯孝賢導演的電影《最好的時光》中，飾連雅堂詩友，劇中他一身白色漢服伴同支持戊戌變法的大稻埕仕紳喝著茶聆賞南管。同年他還參與了侯孝賢公司故宮製陶宣傳影片，飾演督陶官唐英。最近這幾年，昭明先生也是保護南山古墓群運動的主要參與者。南山公墓是台灣歷史最久遠的葬區，從荷蘭、清朝到現代，無數名人的身後都在此落土。於今，卻因為地產龐巨利益，迫使官府政客妥協，放棄了大範圍保存的方案。

隨著《長江一號——張錫鈞傳奇》的出版，作者吳昭明的努力更加令人敬重。吳昭明接受白色恐怖政治犯顏世鴻醫師的囑託，記述了醫生舅舅張錫鈞傳奇的一生。張錫鈞即是傳說中「長江一號」的主要人物之一，他在一九〇五年日俄戰爭那年出生，經歷日本殖民統治、噍吧哖事件、兩次世界大戰、國共內戰、反右鬥爭、文化大革命到一九八一年離開人世。在大風大浪的時代，張錫鈞經歷如同〇〇七一般的諜報生涯地下工作，真真正正是一則引人入勝的現代傳奇。

張錫鈞在日據時期受到大正「教養的年代」影響，大量閱讀文史哲學籍，加上台灣文化協會的運動的啟發，毅然放棄在台灣的工作，於一九二九年到了廈門學行醫並投入抗日事業，如同親兄弟張邦傑以及堂兄弟張錫奎、張錫祺一樣，先後離開台灣，到大陸投身抗日，他們的父執輩有多位成為日本人槍下亡魂。

張錫鈞的一生，代表了曾經有過的，一整個世代反殖民、反法西斯的理想。然則，情報工作從來就不是單純的，要獻身於歷史翻頁、人民翻身的工作，必然就得穿梭於各種複雜的社會關係，在主要矛盾和次要矛盾的交替當中爭取存活的空間，既要對抗日本帝國主義，隨時警惕敵人的突襲與追殺，也要面對民族內部的法西斯主義以及陰暗的軍統特務組織。有時還需要聯合次要敵人以打擊主要敵人。

張錫鈞一九三〇年代活躍於廈門、上海，以醫生身份作掩護，蒐集情報，掌握敵人動向，通過組織的研判，做出政治判斷與行動策略。他認為：「大敵當前，只要對中華民族有利，只要能夠早日讓台灣脫離日本魔掌，樂於與任何黨派合作，何況二哥交代。」這裡的二哥指的是張錫祺，他生命與戰鬥中的兄弟同志。

本書最精采的篇章，莫過於一九四〇年代，張錫鈞到了十里洋場的上海，以光華醫院為掩護，發揮他縱橫情報系統的能力，實質組建成員多樣的情報工作小組。成員中包括日本憲兵團成員、台灣通譯、台灣革命黨同志、國民黨軍人等。他也在醫院中幫助過共產黨成員郭沫若、田漢、李克農等人。書中與張錫鈞在上海共同奮戰的來自台灣的核心成員，無論是醫生姪子張榮玉、在日本特務機關潛伏的李長年、活躍於汪精衛政權的洪安邦、洪安婕兄妹，都成了上海灘攪動歷史的幕後關鍵角色。

張錫鈞一生曲折，抗日勝利之後，緊接著國共內戰激烈化，他複雜而又必須機靈應變工作方法，解放之後，又因受到潘漢年事件的牽連，面臨政治審判的問題。令人感嘆的是，近些年來，有股新台灣史學的敘事策略，刻意醜化類似張錫均的左翼抗日分子，將他們打成國民黨／共產黨同路人，進而將中國大陸指定為「境外敵對勢力」，並藉此鬆解台灣社會內部對美國帝國主義以及日本野心的警惕。

我在台南生活與工作已有二十年時光，見證了這個台灣最古老的城市，如何在行政資源與政治動員之下，將這個充滿故事的古都「改造」為繼殖、排他的認同政治核心場域，進而形成了巨大的封閉洞穴，容不下異質的聲音。吳昭明的書寫，讓我們得以相信，有歷史意識的公民，應該不會滿足於繼殖或自戀的精神狀態，願意透過閱讀，透過靈魂的尋索，召喚出更豐富更複雜的府城故事，召喚出曾經有過的，充滿抵抗精神的歷史記憶。

於今大學校園裡的學子，多是在認同政治史觀教科書的主旋律教學環境中培養出來的孩子，然則，到了二〇二五年，他們看到俄烏戰爭的廢墟，看到巴以衝突引發的加薩慘絕人寰的景象，看到美國在川普興風作浪之下所衍發的全球亂局，他們開始思考、探索得以解惑的歷史資源，於是，國際左翼運動史開始進入到他們的眼界，台灣過去的左翼運動，譬如一九二五年的二林蔗農事件，譬如一九四八年秋台北「麥浪歌詠隊」的事蹟……都可以是思想的資源。但是，我會建議，這還不夠，你（妳）們應該細讀吳昭明的這本新書！

推薦序

在諜海與歷史之間，尋找一顆不願沉淪的靈魂

／中華日報副總編輯 楊淑芬

歷史的深處，常有無名英雄的身影若隱若現，留待後人以筆墨還原其尊嚴與情感。《長江一號》是一部試圖穿透歷史迷霧，重建一段被時代邊緣化的臺灣知識分子心靈史與政治抉擇的小說。

故事的主軸圍繞著張錫鈞——一位出身臺灣，輾轉於大陸幾個地方，身陷中國與日本情報漩渦的醫者。他的身份不止於醫生，更是情報工作者、文化參與者、反抗者，甚至於某些時刻，他亦是被殖民體制與戰爭時局拉扯、逼迫的犧牲者。這本書透過張錫鈞的視角，細膩描寫他如何在強權壓迫、民族認同與道德良知之間掙扎，最終選擇不再成為「侵略者的幫凶」，堅定走上自我救贖與歷史對話之路。

「長江一號」名號並不見諸正史記載，但是戲劇、電影、小說從不缺少這一號人

物，「長江一號」總是穿過螢幕而來，喚起那一段幾乎被遺忘的時代，還有時代夾縫下人們的痛苦。昭明兄的小說則源自臺南醫師顏世鴻提供的家族故事，描寫其五舅張錫鈞的傳奇人生，並兼論他的兄弟張錫祺、張邦傑，正是「抗日三兄弟」。融合歷史與虛構，展現吳昭明對臺灣歷史與人文的深刻關懷。

昭明兄重構這段曾被遺忘的諜報人生。他不追求虛構的高潮，而是透過細膩的考據與人性刻劃，讓讀者看見一位臺灣人在大時代中的沉默堅持，既無浮誇的愛國口號，也無熱血的煽情段落，只有一種沉著而深沉的信仰，一種「願以微光照亮世界」的執念，還有「我會乘軍艦回來」的豪情和不屈服。

書中我對兩個段落特別有感，一是長江一號猜中偷襲珍珠港的日子，一九四一年秋天以後張錫鈞的情報系統早已經傳遞多次情報，並且猜中會在「星期日」爆發戰爭，但是珍珠港事件仍然發生，這件事讓張錫鈞一再審思「情報的意義何在？」並且體認出政治就是政治，情報的蒐羅、研判、傳遞，過程就是目的，情報傳遞之後如何演變已超出情報工作範疇，身處這個漩渦，再悲慘不堪的際遇，可有悲觀的權利？他在黃浦江邊久久不能自已。

另一段是張錫鈞光復之後回到朝思暮想的家鄉臺灣，卻是二二八之後，以調查團名義回臺，軍機一降落，滿城風聲鶴唳，荷槍實彈的憲兵滿街巡邏，調察團根本跨不出旅館一步，剛從日本殖民脫身的故鄉再度陷入血腥的鎮暴，張錫鈞一行人只在臺灣過了一夜，倉皇原機返回。

這兩段都是極端反差，違反正常邏輯，前者坐實懷疑派學者的說法，美國總統羅斯福任令珍珠港事件發生，才得以扭轉孤立主義，順利宣戰；後者更令人痛心疾首，張錫鈞懷著「臺魂」抗日，沒想到抗日成功，臺灣仍是回不去的故鄉。

昭明兄的創作橫跨書畫、散文、詩、小說與文史研究，著作等身，不僅記錄臺南的歷史風貌，也積極參與公共議題，一直展現對家鄉的深厚情感與責任；掩書之際，我彷彿看到他疊著張錫鈞的身影，躑躅回望自己家鄉。

自序

二〇二五年，中國對日抗戰勝利，臺灣光復八十年週年。
謹以本書向抗日英烈致敬。

《長江一號》的主角張錫鈞（一九〇五～一九八一），抗戰期間行醫於上海。他主持的情報網，對於二次大戰多次重要戰局，有關鍵性的影響。其時，上海情報網中的傳奇人物，長江一號，有說命名緣自張錫鈞。張錫鈞，號大江，「長江一號」乃取「弓『長』」張的「長」，以及「大『江』」的「江」兩字，而名諸「長江」；主其事者，排名第一，是為「長江一號」。

另有一說，長江一號至少有三人，其一，陳其昌（一九〇五～一九九九），曾就讀上海大學，是中共共產黨早期領導人瞿秋白的學生。陳其昌留學日本後返臺，加入臺灣民眾黨，民眾黨被迫解散後到大陸，加入國民政府的情報單位國際研究所，抗戰勝利返回臺灣。二二八事件之後，與李萬居創辦《公論報》，擔任報社總經理，白色恐怖時期，被以「資匪」的罪名判處無期徒刑，坐牢二十二年才假釋出獄。其二，李鐵生（一九一六？～二〇〇二），黃埔軍校十五期，一九五〇年隨國民政府軍隊從海南島撤退到臺灣，晚年居住高雄。其三，張錫鈞。張錫鈞二次大戰期間在上海法國租界行醫，遊走多方勢力之間，廣泛搜集情報，因績效卓越而獲邀加入國際研究所。張錫鈞在上海的傑出表現，曾經幾次影響戰局。

本書是小說，並非學術論文，無意涉入到底誰人才是長江一號的議題，僅書寫張錫鈞傳奇。

張錫鈞是高雄哨船頭人，他的三位舅舅，林有、林長、林茂，於一八九五年日軍攻臺期間，英勇對抗侵略者，三人都壯烈犧牲。長輩如此英烈的印記，深深蝕刻在後人的心裡。日本據臺期間，張家家族老二張錫祺、老三張錫鈴（字邦傑，以字行）與老五張錫鈞，三位堂兄弟因不堪異族的欺凌，乃渡海到大陸。率先到大陸的張邦傑投入政治工作，張錫鈞在閩南、張錫祺在上海行醫。張錫鈞後來也到上海，藉行醫來掩護，蒐集情報，曾將來自日本內閣，偷襲珍珠港的情報輾轉通報美國。另，提供日本放棄北進蘇聯，全力南進南洋的訊息，蘇聯得以放下東方的戰場，將大軍調往歐洲，全力對抗納粹，進而改變整個歐洲戰場的局勢，乃至二次大戰的結果與整個世局。抗戰勝利之後，國民政府為表彰其貢獻，頒發抗戰勝動章給張錫鈞。

《上海臺聯》二〇一五年第四期，曾簡述張錫鈞的事蹟：一九四一年獲得日本天皇御前會議，陸、海軍作戰計劃——按，偷襲珍珠港與南進政策。還有，關東軍的部署與調動——按，放棄北進。如此深深影響世局的傲人事功，卻由於情報工作者的習性，長年保持低調，加上一九五五年曾經遭逢累紲之禍，被解送青海二十年，一九八〇年才平反，導致世人多不知如此一位傳奇人物——張錫鈞的事跡。

筆者之所以有幸以小說文體來塑造張錫鈞史詩般的傳奇，乃因張錫鈞的外甥，顏世鴻醫師建議筆者改寫張錫鈞孫女張旭的原著：《臺魂——長江一號風雲錄》。顏醫師的目的在浮顯抗戰期間，昂然奮勵於戰火之中，感人肺腑的史詩，亦彰揚長輩的英勇事蹟與貢獻。

顏醫師與筆者因醫病關係而認識，顏醫師曾經長年服務於私立臺南仁愛之家成功診所，成功診所鄰近筆者米街舊家，而顏醫師的醫德及醫術，坊間早有口碑，因此筆者多位家人，罹患傷風感冒時就找顏醫師。顏世鴻的父親顏興，是張家兄弟的姊夫，也是臺南府城文史界的前輩，早在一九六〇年顏興競選臺灣省議員時，街坊就知道顏興有位兒子，顏世鴻是政治犯，被關在火燒島。顏世鴻就讀臺灣大學醫科四年級時——當時為四年制，一九五〇年一月二十三日加入共產黨，五個月後，六月二十一日因國民政府破獲「臺灣省工作委員會李水井等人案」而被捕，判處十二年徒刑，在火燒島服刑。刑期屆滿前，因拒絕「索賄兩萬元」，未能獲得自由，於一九六二年七月二十八日從火燒島轉往小琉球繼續服刑，直到一九六四年一月二十一日才到回家，多關了一年七個月。

筆者出身歷史系，加上關注當下臺灣，對於國民黨在臺灣，五〇年代，「白色恐怖」的歷史頗有興趣，因此，每回見到顏醫師與他閒聊時，話題總離不開顏醫師參加共產黨的往事，希望瞭解詳情，然而，對於過往總總，顏醫師只是敷衍一番。即便只是零零碎碎的幾句對話，但時日稍久，或是相談投機，顏醫師送給筆者他的回憶錄《霜降》，透過精湛的文筆，扼要地書寫他不平凡的過去。之後，陸續送了幾本他寫的，以及與他相關的著作，捧讀再三之餘，除了為情節深深吸引，更折服顏醫師學問淵博與文筆遒麗——這，或是老政治犯的特質，也因此更瞭解顏醫師。

近二十年前，計畫書寫幾位臺南的代表性人物，第一位想到的就是足以映現光復之後整個臺灣的大環境，乃至大時代標記的顏醫師，因此有機會借閱他撰寫的多本回憶錄。從幾大落的手稿中爬梳、摘錄，完成近三萬字〈立德、立功、立言——顏世鴻〉一文，刊載在二〇〇八年出版的拙著《一二台南》乙書中。顏醫師告訴筆者，拙文是寫他最描摹傳神，他最感滿意的一篇。或是出於對筆者為人，以及文筆的信任，當時，顏醫師交付他表姪女張旭根據張錫鈞手稿所撰寫的《臺魂——長江一號風雲錄》，兩種影印本版本，希望筆者改寫為小說。

承蒙顏醫師器重，交付重任。然而，一則「長江一號」所處的是一個極其動盪、紊亂的時代與環境，對於如此時、空背景的掌握，筆者並無信心；再則，俗務纏身，竟因此一拖十六年。二〇二四年初，終於下定決心，將十八年來時而盤旋在腦海中，一幕幕的場景、進出舞臺的人物、變化不住的情節等等，逐一具象，於是大膽落筆，淋漓揮灑，以完成顏醫師的託付。

張旭的《臺魂——長江一號風雲錄》，草本是張錫鈞自傳，巨細靡遺地陳述張錫鈞一生事跡。縱然文中難免有些必須考訂者，例如，歷史事件不外人物在時、空座標的定位，乃至浮現的爪痕，一旦標定的時間錯落，或空間稍有落差，事件也將跟著失真，雖然張旭大文中出現一些類似情事，但，終究不足以遮掩詳細書寫第二次世戰大戰情報傳奇人物的歷史意義。由於有些許瑕疵，因此發展小說之前，除了必要的考證，情節也跟著篩選、調整，並另行鋪展。為了避免出版時招惹無謂的紛擾，在不影響全文的原則下，少數幾人以化名呈現。

張錫鈞傳之外，本書還佐證顏世鴻手稿，以及張榮國等編著《抗戰時期我臺灣張家兄弟》等諸多詳實史料，據以發揮，得能增添不少情節，並豐富全書。例如，顏世鴻手稿提到張錫鈞曾化裝成和尚逃走，本書乃先行安排張錫鈞與弘一大師結緣，與造訪寺院的伏筆以呼應。而張錫鈞與陳秀滿結婚，張旭或有顧忌，只簡單帶過，且語多蘊藉，此因張錫鈞拋妻棄子，隻身到大陸行醫，生活安定之後，並未接家人到大陸團圓，竟然另娶，難免有不仁不義之譏。不過，此一道德上的非議無損抗日英雄的事功，因此，本書並未月旦張錫鈞的婚姻。《抗戰時期我臺灣張家兄弟》中，張錫鈞與陳秀滿的三位兒子張榮國、張榮光、張榮仁所整理的〈張錫鈞事略〉，竟然隻字未提張錫鈞與陳秀滿結婚，僅附了一張兩人的結婚照片。本書根據照片「重現」婚禮景況，並詳細描繪新人的上海行蹤。

好友底謂繪畫、撰文的《上海灘上的萬國風情》，還有鄭祖安編著《上海歷史上的蘇州河》等著作，對於本書的啟發，乃至因此萌生的一些靈感與想像，亦敷陳為小說的篇章。

由於小說終究不同於傳記，小說既非歷史，更非考證，因此，小說與史實之間，不乏筆墨揮灑、渲染的空間。無論濃墨重彩也好，逸筆淡描也罷，情節鋪張，氛圍渲染，總是隨著人、事而抒發。本書選擇張錫鈞此生貢獻最大，也是最富傳奇的片段來開展，因此，僅聚焦於抗戰時期的諜報生涯，至於之後遭逢坎坷的一段，且略過。書寫時，就《臺魂——長江一號風雲錄》的一些「大事紀」為綱要來發揮。敷陳小說時，為呼應、合理化前後文，在不悖逆事理的前提前下，或創作，或虛構而引伸出不少情節，其目的，無非是擴展小說豐富的張力與可讀性——希望循此原則所呈現的，是顏世鴻醫師所期待的「小說」。乃書寫《長江一號——張錫鈞傳奇》。

且看人物登臨細訴，場域繽紛繁茂，情節串連彙編。向張錫鈞致敬，同時彰顯抗戰時期，在上海傳送情報，竟而影響二次大戰戰局的臺灣通譯。

小說的完成，主要得力於顏世鴻醫師提供多種原始資料。本書還參考日本斯波義信著、布和譯《中國都市史》，陳從周《園林有境》，以及英國特里．布勞斯主編、周尚、望震、薄景山譯著《二十世紀看得見的歷史》，林子青《弘一大師新譜》，許佩賢譯《攻台戰紀——日清戰史．台灣篇》，陳正卿〈試析臺灣「二二八」起義前的四大經濟矛盾〉等等多種著作，即便擇要改寫，但，不敢掠美，乃將參考書目臚列說明。由於本書並非嚴謹的學術著作，故行文時並未註明出處，尚祈見諒。

本書能夠順利完稿付梓，承蒙辜懷群教授提供寶貴意見，林俊安副總編輯提供書籍，長安靜美老師協助翻譯、提供資料，還有袁祝平學長、胡詠欽先生協助考訂細節，黃懷德主任協助文書處理與校對文稿，胡鴻仁董事長、趙政岷董事長協助出版事宜，以及，內子林豔熹老師幾次校對文稿，辜懷群教授、鍾秀梅教授、楊淑芬副總編輯賜序，一併致謝。

二〇二四年立冬

目錄

推薦序

一時多少豪傑——讀《長江一號——張錫鈞傳奇》／
辜公亮文教基金會執行長 **辜懷群教授** 003

遺落在歷史邊緣的紅色傳奇／
國立成功大學文學院 **鍾秀梅教授** 009

在諜海與歷史之間，尋找一顆不願沉淪的靈魂／
中華日報副總編輯 **楊淑芬** 014

自序

017

幕起

我會乘軍艦回來

一九二九年七月十一日傍晚，停靠在高雄碼頭，開往廈門的輪船上，張錫鈞昂首，迴轉身子，張望環抱港區的旗後山、打鼓山，對高雄州特別高等警察科長佐藤與高雄市警察局特高科長三木，傲然地高聲說：

「我會乘軍艦回來！」

張錫鈞為報乙未之仇，光復父祖立身之地；為民族，為國家，為一口不能吞忍的俠氣，空身赤拳，獨自回大陸，深入龍潭虎穴。

國仇家恨記乙未

《長江一號——張錫鈞傳奇》，故事，緣起光緒二十年，一八九四年，歲次甲午，中日甲午戰爭。一八九四年七月，日本藉著朝鮮東學黨事件挑起戰爭，中日交戰九個月。清朝軍隊在水、陸多場戰役一再潰敗，只有求和一途。

一八九五年四月十七日，欽差大臣李鴻章代表清朝，與日本內閣總理伊藤博文，在日本九州北端馬關的春帆樓簽訂《馬關條約》。條約中影響最大的是，臺灣與附屬各島，以及澎湖列島割讓給日本。孫中山獲悉簽訂如此喪權辱國的和約，覺悟清廷的無能已經到了無可藥救的境地，於是決定武力革命，推翻滿清。

日本甲午之戰的勝利，誘發侵略者更大野心。因著眼於爭奪中國東北、朝鮮半島的利益，一九〇四年二月八日，日本海軍突襲駐紮旅順的俄國軍艦，引爆日俄戰爭。一九〇五年五月對馬海峽之戰，俄國波羅的海艦隊幾乎全被摧毀，戰爭結束後，日俄兩國瓜分東北，更囂張了日本軍國主義者狂妄的氣焰。如此情勢下，日本遂肆意發動對中國的侵略戰爭，一九三一年九月十八日，發動九一八事變，占領中國東北。九一八事變之後四個月，一九三二年，一月二十八日，一二八事變，日本意圖占領上海，三月三日國際聯盟決議中日雙方停戰，暫時中止日本遂行侵略中國的企圖。一二八事變之後五年，一九三七年七月七日，七七蘆溝橋事件，中日開戰。七月十七日，國民政府軍事委員會委員長蔣介石在蘆山發表著名的「最後關頭」演說，宣布抗戰到底。一個月之後，日本在上海挑起「八一三淞滬會戰」，甚至妄言三個月滅亡中國。一九四一年，竟偷襲珍珠港，導致原本採取孤立主義的美國被迫參戰，竟而引爆第二次世界大戰，也促使日本的覆亡。

話說甲午戰爭後，臺灣割讓日本，攻臺日軍於一八九五年五月二十九日登陸臺灣東北部，從三貂角附近的澳底，開啟系列戰役。歲次乙未，史稱乙未之役。

日本攻占臺灣時，從南到北的交戰過程，《攻台戰紀》乙書，即日本參謀本部編著的《明治二十七八年日清戰史》，有詳實的記載，並附系列戰役，兩軍交戰的「戰鬥地圖集」，描繪清晰。試舉新竹之役為例，從六月十一日開始，日軍與臺灣抗日義勇軍，一直僵持到八月三日，接觸戰的時間長達五十三天。從新竹一役，不難體會當時的臺灣人不但英勇抵抗，而交戰時間之長，亦可見戰力不容輕侮。且看，義軍統領，吳湯興有詩云：

聞道神龍片甲殘，海天北望淚潸潸。
書生殺敵渾無事，再與倭兒戰一番。

書生殺敵的干雲豪情，與悲壯英氣，實乃當時臺灣人挺身抗日的英勇寫照。

攻臺戰役，由於戰爭膠著、慘烈，戰爭之後，日人開始殘酷地「清莊」以報復。例如桃園大嵙崁三角湧，彰化、雲林、大林等等地方，許多無辜民眾慘遭毒手。光是一八九六年雲林一地的殺戮，僅「六月十九日～二十一日，四日間，即有四千九百拾七戶」，數以萬計的無辜民眾遭日軍慘殺。

抗日之役，遍地鮮血譜寫而出的是，許多描寫抗日戰役的寫實詩，也是刻畫侵略者殘暴行徑，最真實的顯像，且摘錄鹿港洪繻（一八六六～一九二八）幾段詩句以印證，〈聞斗六一帶被燬有感〉：「旁近幾十村，村村焚成黝」。另一首，〈老婦哀〉的一段詩句所陳述的景象，更是對強虜最沉痛、最具體的控訴：「刀槍交股下，大者死階墀。回頭視幼子，身首已分肌」，呈現的是幾十個村落被焚毀，村民被刀槍凌虐而死，甚至身首分離的歷歷場景。而田園荒蕪，鹿麋入住家宅，類此以生命、鮮血鋪陳，「清莊」、「屠城」的慘劇，實乃日軍泯滅人性的一貫作為，從東北到臺灣，及於大陸各地，一再重複類似慘酷屠殺的行徑。

其時，高雄哨船頭商人，前清秀才張汝東，妻子林銀出生打狗仁武望族，林銀的大弟林有、二弟林長，於乃木師團登陸枋寮之役戰死。三弟林茂，是管帶林少貓屬下，一八九七年與日軍交戰重傷，傷未痊癒即襲擊鳳山警察署，事敗被活埋。至親抗日犧牲，張汝東一家，因國破家毀之痛而萌生驅逐侵略者，光復先人之地的信念，不但深深埋藏在內心裡，更將此一信念，轉移，教育下一代。

日人攻占臺灣之後，張汝東與新婚妻子，一度隨父親返回原鄉，福建泉州惠安秀塗村。秀塗村是扼守泉州灣北部的深水港區，鄭成功渡臺之前曾在此練兵，可見其優越的形勢與天然港埠的功能早已登臨歷史臺。秀塗村往北走五公里之譜有著名的洛陽橋，北宋知名書法家蔡襄於泉州知州任內興建，早年，村民多從秀塗村過洛陽橋到泉州城區。張家先人因明末之亂，從秀塗村移居臺南府城，有部分族人遷徙到打狗。張汝東返鄉短暫居住之後，迫於家計的需求，不得不返回哨船頭，繼續營商。

乙未之役過後十年，一九〇五年臺灣人抗日的血跡未乾，九月二十一日，張錫鈞出生於哨船頭，同族兄弟排行第五。張錫鈞在對日抗戰時，長期提供珍貴情報給國民政府與共產黨，遊走國、共兩黨之間，並未加入政黨。胞兄張錫鈴字邦傑，因「錫鈴」，錫製作的鈴，聲音不響亮，而以字行。張邦傑在家族中排行第三，是最早回大陸從政的臺籍人士之一，一直追隨國民黨。張邦傑、張錫鈞兩位同胞兄弟，都有明顯的三角眉，印證日後大膽行事，與友朋爽朗交往的特質。張邦傑臉頰瘦削，顴骨突出，神情堅毅；張錫鈞談笑時經常不經意地露出牙齦，豪邁寫在臉上。兄弟兩人天庭飽滿，伏犀骨明顯，是面相學的富貴之相。堂兄張錫祺，家族排行第二，長得一臉豐腴，顴骨飽滿，時常流露微笑、和善的神情，是留學日本的眼科醫生，回臺灣時，指導張錫鈞等人習醫，多位學生因此取得中國眼科醫師執照。張錫祺在臺灣時就與中共地下黨員成為摯友，在臺灣行醫幾年後轉往上海，行醫也辦學校，且長期支持中共地下黨的工作。兄弟中排行老大的張錫奎，從商，追隨國民黨。張錫奎的長子張榮玉，隨二叔張錫祺習醫，之後，在上海行醫，是張錫鈞傳送情報的得力助手。

入門電報收發室

一九二〇年，打狗改名高雄（高雄取自打狗的日語諧音）那年，張錫鈞甫十五歲就到高雄郵局擔任「勤雜工」。由於就讀公學校高年級時，每逢假日就到日本商社實習。實習的方式，猶如舊式職場，學徒養成的訓練方式，在商社前輩的指導下，除了熟練在校所學的算盤，也因此有機會實際接觸簿記工作，並逐漸習慣職場運作的模式。到任幾天，不但快速適應郵局的工作，紮實的功夫也被上級看中，才短短一週就轉任電信科的信使。

在電信科工作竟然有機會接觸通訊技術，令天生「嗅覺」敏銳的張錫鈞驚豔不已，有心深入瞭解個中名堂，於是利用休閒時間，背熟摩斯密碼，從低階到高階，勤於自修通訊技術。很快就通過測試，取取「電報收發員」資格，是當時高雄郵局最年輕的電報收發員。調任新職當天，一上班，科長在辦公室除了當眾宣布張錫鈞調升的消息，還笑臉盈盈地強調：

「張君是大日本帝國教育之下的優秀子民，希望張君知所感恩，好好工作。」

當天中午休息時，張錫鈞或是早有精研電報的念頭，乃順勢找科長借書。科長慷慨地拿出剛出版不久的電報學，以及無線電臺架設兩本書，還叮嚀：

「這是列管的機密書籍，不可公開，不可帶回家，更不可借予外人。希望張君好好利用時間，用心研讀，增進技藝，好效命帝國。」

張錫鈞立正鞠躬再三：

「感謝科長知遇！感謝科長器重！一定發憤向上。」

電報收發員排班方式，工作一天，整整二十四小時，早上八點換班，工作一天休息一天。晚上十點之後可以上床休息，不過電報來的時候，必須立即起床處理，不得耽誤。為了避免熟睡，張錫鈞都靠在牆上假寐。每一回長官半夜來查勤，一扭轉門的手把張錫鈞就醒來，立即起身鞠躬請安，長官熱絡地拍拍張錫鈞的肩膀，直誇獎：

「張君真是敬業的好榜樣。」在辦公室幾次公開讚揚張錫鈞的精神。

工作輕鬆，薪水倍增，不過，錢多錢少，事多事少，並不緊要，最令張錫鈞動心的是，竟然可以經常收、發高雄州與高雄港的特密電報。除了掌握最新的機密訊息，也練就快速文件摘錄重點與判讀重要性的功夫。

在收發室工作的意外收穫是，讀了不少書。

收發室的工作事關機密，是管制區，一般人不得進入。電臺的藏書並不提供一般員工借閱，因此擺放在收發室的牆角。書櫃是上等檜木製作，木紋細密，不上漆，一拉開書櫃玻璃門，張錫鈞每每陶然於檜木的香味中，拉開玻璃門就是享受。藏書總共百冊之譜，張錫鈞比較感興趣的是中國文史方面的書籍，尤其陽明學，還有世界通史、西洋哲學概論、西洋文學名著的日文翻譯等等。由於電報收發工作相當輕鬆，經常閒著沒事，等訊號罷了，尤其晚上值班時，難得有一通電報，張錫鈞遂把握時間，逐一閱讀，累了靠在牆上假寐時，將書藏在枕頭下，長官來查勤，不知道他在看書。這些書都是之前沒接觸過的學問，除了中國史閱讀比較容易之外，其餘都頗艱澀。由於不敢請教日籍主管，自學相當辛苦，得細讀再三，書看完就偷偷帶回家，仔細做完筆記再送回，筆記放在家裡，時時溫習。紮紮實實下了兩、三年的苦工夫，不但養成閱讀的習慣，長年追求新知識的欲望，對張錫鈞的人文素養，視野的開拓良有助益，更強化國族意識的形塑。

二十歲不到就有輕鬆的工作、平靜的生活，這可是異族統治下難得的際遇。然而，一九二一年成立的臺灣文化協會所提倡，文化抗日運動的勢頭，竟延伸出張錫鈞往後波瀾壯闊的歲月。緣起一九二〇年歲末，由臺灣總督府醫學專門學校四年級學生：吳海水、甘文芳、張梗、林麗明、丁瑞魚、李應章、何禮棟等幾人倡議，找蔣渭水，一起組織團體，希望從事廣大臺灣人民的啟蒙運動。由於需要財力支援，蔣渭水將此事告知林獻堂，林獻堂首肯之後，於一九二一年十年十七日，在臺北大稻埕靜修女中舉辦「臺灣文化協會」創立大會，會員總共一千零三十二人。以當時的政治氛圍，出席人數之多，殊屬難得。

日據臺灣，如此大型的聚眾活動，尤其成員高達一千餘人的「文化」團體，往後的作為與終極目的，稍敏銳者應該都了然。總督府警務局乃立即通電告知各州廳，以及警察局，必須確實追蹤文化協會的活動，掌握活動的時間、地點，並監視個別成員。同年十一月二十八日，臺灣文化協會第一號《會報》出刊，刊載的文章之一，「臨床講義」，不但視臺灣為病患，而且指出：

臺灣原籍中華民國福建省臺灣道，現居大日本帝國臺灣總督府。

如此行文怎麼可能問世？不過，張錫鈞因為收發電報，不但獲悉文化協會成立的原委，還能夠快速流覽被禁的《會報》中的部分文章。當晚，斜靠床頭的張錫鈞，回想三位舅舅投入抗日戰役，壯烈犧牲，國仇家恨的往事，一幕幕浮現，而今，他不但是仇寇的「順民」，還成了敵人控制同胞的工具。往事與現況一再重複糾纏著，竟而徹夜難眠。之後幾天，血海深仇的悸動一直盤繞心頭，難以平息。

在收發室熬了兩年多，文化協會所激起的第一波浪潮已稍趨平靜，但，張錫鈞的思想不但改變，而且意圖有番作為。這期間，勤讀電報與電臺技術的專業書籍，以及文史方面的典籍，而且用心做筆記。一九二四年，張錫鈞以身心俱乏，值夜班難以適應的理由提出辭呈。辭職之前，張錫鈞刻意幾天不闔眼，一副身心疲憊的神態寫在臉上。好端端的工作竟然辭職？如此唐突的舉動，讓一直視張錫鈞為自己人，大日本帝國好國民的科長滿臉疑惑地安撫，要張錫鈞多休息。年紀輕輕，調養好身體，好繼續報效帝國。但強烈復仇意念所凝結的堅強意志，張錫鈞不願再繼續充任侵略者的幫凶，僵持幾個月，心意不改。既然難以挽留，科長厲聲痛斥張錫鈞忘恩負義，辜負帝國的栽培，終究不得不「縱放」張錫鈞。

科長預想不到的是，放走張錫鈞，竟然影響第二次世界大戰的戰情。

辭職的目的達到，張錫鈞快步邁出電臺。縱然走向海闊天空，但心裡了然，因電報工作，得以多年接觸機密文件，離職之後一定時有警察來「探視」，可要小心行事。回到家，趁著煮飯時，將幾本筆記一頁一頁撕下，丟進爐竈裡，焚燒得不留丁點灰燼。

離職之後，為了生活，張錫鈞曾經到胞兄張錫鈴的船公司跑船。因公司接案失利而結束，張錫鈞也跟著失業。

學成返鄉張錫祺

張錫鈞再度失業，恰逢堂哥張錫祺學成返鄉。

張錫祺考取官費留學日本，一九二五年畢業於千葉醫專，一九二六年返臺時，有馬場崎績子女士同行。馬場崎績子與張錫祺是夫妻臉，五官相像，不過馬場的顴骨稍平。馬場女士的父親馬場大佐，第一次世界大戰期間曾參加遠東唯一的一場戰役，一九一四年日軍攻打青島德軍之戰而揚名於日本軍中。由於日本軍國主義者瞧不起中國人，更瞧不起窮留學生，馬場家人不接受張錫祺。馬場崎績子不顧家人反對，隻身隨張錫祺來到臺灣，七月，兩人在高雄中華會館結婚。

二十世紀初期，中國大陸嚴重缺少西醫，根據一九四五年的統計資料，全中國只有九千名醫生，上海約占三千人，台灣三千人，其他地方三千人，可見一九二〇年代，大陸內地的醫療資源更匱乏。張錫祺原本計畫返臺省親之後，就帶著母親、妻子到大陸行醫，並從事醫學教育。但是，他留日返臺醫生的身份，在臺灣人的心目中可非比尋常，加上他是中國籍，因此，臺灣華僑所組成的「中華會館」，多位要員很自然地登門拜訪。宴請張錫祺時，中華總會館總務委員林梧桐與鄉親懇求他留在臺灣行醫。拗不過鄉親的盛情，張錫祺遂在高雄新濱町，今鼓山區哈瑪星，高雄華僑會館樓上，創設「光華眼科」。光華意指「日月光華，旦復旦兮」，語出《尚書大傳》「卿雲歌」，北洋政府的臨時國歌歌詞即根據「卿雲歌」改編而成。或說醫院名諸「光華」，乃「光我中華」，不忘震旦，不忘復興中華之意。

行醫期間，張錫祺的得力助手張錫鈞，因張錫祺的協助，已脫離日本籍，因此也獲邀參加臺灣華僑會務。張錫鈞曾經擔任幾年電報收發員，此一難得的經歷而被推舉為中華會館高雄分會執委兼外交幹事，是為之後長期投入臺灣華僑工作的先聲。透過參與社團，蓄積人脈，如此閱歷不但大大開拓張錫鈞的視野，也是往後交接多方人士的熱身工作，更重要的是，開始體驗運作群眾的策略。張錫鈞到大陸行醫不久，即積極參與政治活動，幾次遇到棘手問題，甚至性命交關之際，都因為臺灣中華會館出面，發揮關鍵性的助力，才能夠順利化解危機。如此機緣，或是冥冥之中，命運之神已預作安排。

張錫祺本來就決定回大陸致力醫學教育，因此，在高雄開設醫院的同時，也開班授徒。張錫祺於一九二六年到二九年，共招收一班，十餘位學生，除了張錫鈞，還有張家女婿，張錫鈞的姊夫顏興，以及陳邦安、莊立、駱世才、莊福、江寧靜、莊榮輝等，其中，來自大陸的江寧靜是中共的地下交通。第一堂課，經常帶著笑臉迎人的張錫祺，竟然嚴肅地宣布唯一的一條班規：

不准抽煙。

張錫祺舉例說明：

「大家都吃過煙燻肉吧，煙燻肉炒蒜苗確實很好吃。

「煙燻肉怎麼製作的？大家知道嗎？」

來自大陸內地的江寧靜舉手回答：

「豬的三層肉，或整隻豬腿稍鹽漬、曝曬後，放在密閉的爐子裡煙燻。」

張錫祺微笑地點頭肯定：

「不愧來自內地，答案完全正確。

「鹽漬、曝曬後肉變得乾燥，再經過幾天的煙燻程序後，肉質變了，肉略顯透明，且呈琥珀色，非常漂亮。煙燻肉不但取其煙燻的特殊風味，當然也著眼於可以多儲存些時日。

「大家務必瞭解，鹽漬、曝曬之後，肉質逐漸改變，而煙燻肉製作的關鍵程序在『煙燻』。

「請大家務必記得『煙燻』兩字。

「就煙燻一段時日之後導致豬肉質變的結果，我們來探討抽煙。天天抽煙，每天抽一二十支煙，每天至少煙燻一兩個小時，一年又一年吞雲吐霧，眼角膜長期遭到煙燻，這，可比燻肉的時間還長，結果會怎麼樣？答案，當然是質變！甚至病變！

「大家將來都是眼科醫生，不但要自己以身作則，不抽煙，醫院裡嚴禁吸煙，也請同學們行醫時一定要勸告病患戒煙。

「今天，鄭重宣布，禁止抽煙。以一個月為緩衝期，之後抽煙，抓到就開除，絕不寬貸！」

即便要求嚴格，但是生活上，光華眼科不但提供餐點，由於學生多失業，因此，以實習的名義，張錫祺視個人的家庭狀況，每月分別支付不等金額的生活津貼，還提供宿舍給江寧靜。家在旗後的顏興，如錯過渡輪，也在光華過夜。在光華上課，有吃、有住，還有生活費可拿，條件如此優厚，誰敢違規？

學生中，多數是公學校畢業的，其中，顏興在公學校只讀了幾個月就因家貧而輟學，之後到私塾讀漢文，江寧靜不懂臺灣話。有鑑於學生的語文、程度參差不齊，張錫祺遂教導拉丁文，以拉丁文書寫病歷。學生，白天實習，晚上上課兩小時，每三個月考試一次，老師督促嚴格。

一九二九年七月，經過三年的艱苦學習，定期考試之後，全部通過，並取得中華民國內政部衛生署醫政科認可的醫生證書。出自張錫祺門下的這些學生取得證照後，在大陸東南多個地方：溫州、廈門、泉州、上海等地開設診所，都命名為「光華眼科」，隨著張錫祺的步履，一個一個走上「光我中華」之路。

早年中國，西醫採學徒制，在醫院實習滿三年，經審核之後就可以取得醫生資格，不過，日據時期並不承認大陸頒發的醫生證照，因此，張錫祺的學生有心行醫，只能夠離開臺灣，到大陸發展。這雖然幫大陸提供了幾位眼科醫師，不過，到大陸行醫的顏興，奉命返臺從事抗日工作，在臺灣不能開業，幸有在臺南府城佛頭港附近，今慈聖街上開業，臺灣文化協化要角之一的莊孟侯醫生，藉著大東醫院醫務助理的名義，讓顏興以「眼科密醫」行醫，好養家糊口。遲至臺灣光復之後，顏興的光華眼科才在臺南小公園北邊的西門路開業。反觀十九世紀末，日本據臺先期，執業中的醫藥人員，經過短期訓練之後，就可以取得「臺灣醫生免許證」。前臺南市議員侯書義（一九二五～二〇一五）的祖父侯皆得（一八六二～一九四六），就是透過此一途徑取得眼科醫生執照。日據初期，臺灣也有不少透過學徒制取得醫生資格的，像彰化藍醫館的藍大衛醫師依循此一途徑，栽培出多位臺灣青年醫生，臺南的高再得（一八九三～一九四七）醫生就是出身藍醫館的名醫。臺灣光復初期，不少人從此一管道取得醫師、牙醫證照。

張錫祺的學生中，江寧靜是中共的地下交通，張錫祺早已知道他的身份。江寧靜與張錫祺聊天時，曾幾次提起上海的社會環境：

「一九二一年七月二十一日，中國共產黨在上海法國租界召開第一次全國代表大會。地點選擇在租界，主要的考量，不外是租界比較安全。

「上海租界比起內地，不但安全，而且，行動、言論都相當自由。

「中國工商首埠，工廠多、舶來品多，很多民生必需品，甚至醫藥必要用品，上海都可以方便取得。

「在上海可以接觸到多方人馬，包括來自許多國家的外籍人士，方便吸收新知識，也開闊視野。」

江寧靜意氣昂揚地強調：

「上海是有心人的天堂，很多行業在上海有很好的機會。」張錫祺默默地聽著。

或是擔任共產黨交通的緣故，江寧靜刻意標舉共產黨為例，其實，張錫祺在日本留學時就知道日本共產黨成立，乃至被迫解散的事，當時，對於流傳於知識分子之間的馬克斯主義已經稍有涉獵，因此，江寧靜提起共產黨時，並不覺得唐突。張錫祺與共產黨的淵源，從交友多少可瞭解一二：開始於一九二七年八月一日，中國共產黨實際領導的八一南昌起義，或南昌暴動，失敗後，避走臺灣的王學文，因同時留學日本而認識張錫祺，曾經到高雄造訪故人，在光華住了幾天。王學文本名王守椿，在日本曾隨河上肇研究馬克思主義，一九二七年加入中國共產主義青年團。

「上海！可以快意揮灑！」
「上海是有心人的天堂！」
張錫祺時而回想著江寧靜的話。

獻身祖國三兄弟

張家三兄弟，回大陸投入醫療、政治工作，其中最早回大陸的是張邦傑。張邦傑因組織臺灣反日同盟，實際展開祕密抗日活動，事跡暴露之後遭到通緝，留在臺灣不是坐牢就是被殺，於是一九二八年帶著妻女避走大陸，追隨國民黨，投入抗日戰爭。接著是張錫鈞，一九二九年隻身到廈門行醫。一九三〇年，張錫祺帶著妻女回大陸。三兄弟恰迎上一九三年九一八事變，中國抗日的浪潮。

一九三〇年初，張錫祺母親感染風寒不幸去世。母親既然不在，而在臺灣的醫療教育與傳承的工作也已告一段落，是他回祖國，在更廣闊的空間，揮灑更恢宏事業的時候了。帶著妻子、女兒秀蓮到上海法國租界行醫——或是江寧靜多次談到租界的優點，而決定到上海。由於江寧靜語言溝通的問題，不方便在閩南一帶行醫，張錫祺乃指示江寧靜同行。

上海，不但是張錫祺回大陸行醫，從事醫學教育的第一處基地，也是張錫鈞的諜報網接收、傳遞情報的主場地。因此，對於上海的歷史，甚而情報戰登臨上海，此一歷史的必然，乃稍事著墨，以敷彩、烘托長江一號所展演的是若何舞臺。

上海是中國最大的國際商港，早年，上海不過是長江口的一個小漁村，位於發源自太湖的吳淞江與黃浦江的匯流處。吳淞江早年名松江，明代有因松江命名的松江畫派，足見當年松江一帶已是人文興隆之地。松江之名後來有變化，在「松」加「三點水」的偏旁成為「淞」，由於流域是在春秋「吳」地，乃得名「吳淞江」。吳淞江上游通達蘇州，因此吳淞江一般人多稱蘇州河。陳可辛詞曲，男女對唱的〈蘇州河邊〉：

夜留下一片寂寞，河邊不見人影一個，
我挽著你，你挽著我，暗的街上來往走著。
……
我們走著迷失了方向
我們走著迷失了方向
儘在暗的河邊徬徨

儘在暗的河邊徬徨
不知是世界離棄了我們
不知是世界離棄了我們
還是我們把他遺忘
……
夜留下一片寂寞，世上只有我們兩個，
我望著你，你望著我，千言萬語變作沉默。

綺麗、柔美的詞曲，更讓蘇州河的聲名遠播。

吳淞江與黃浦江匯流處，原本是一片荒蕪的鹽鹼地，不適合耕作、居住。十一世紀，北宋年間，基於大運河航運的需要，在吳淞江穿越大運河附近修建長堤。堤岸不只改善上海一帶的積水問題，原來的沼澤區也逐漸陸化。宋朝許尚有詩云：

泛泛松江水，
迢迢笠澤通。
萬年知禹力，

灌溉有餘功。

笠澤，春秋末年有笠澤之戰，越王勾踐於此一戰役滅亡吳國。十三世紀末，元初，先是開闢為棉田，設華亭府，後來改名松江府，一九二一年設置上海縣。明太祖洪武二十四年，一三九一年的戶口資料，松江府人口一二一九九三七人，位於長江與大運河交匯處的鎮江府人口五二二三八三人，當時松江的人口是鎮江的兩倍有餘，可見松江府是若何繁榮。

明成祖遷都北京之後，大運河漕運成為供應北京米、鹽等重要民生必需品的交通命脈，因此，上海航運與商業機能遂日漸興盛。早年的船舶屬平底帆船，平底船不適合行走海洋，此因海洋的風浪大，容易翻覆，加上夏秋兩季多颶風，更不利海運，因此華北、華南之間的運輸，多利用大運河。上海沿吳淞江或後來的黃浦江，進入長江，溯江而上，從揚州也可以進入大運河，居航運之利。明末，黃浦江取代淤塞的吳淞江，太湖的湖水從黃浦江排出的同時，沖刷黃浦江的底泥，於是黃浦江水逐漸淘深，航行長江的船隻可以泊靠黃浦江，上海的航運地位益形繁榮。

松江府工商繁榮的底蘊，一如後來的揚州之於清乾隆年間的揚州八怪，足以供養大批文人、藝術家，同時萌生特殊風格的文化藝術，於是，華亭畫派，或因松江命名的松江畫派遂因應而生，晚明書畫大名家董其昌是其代表。

一八四〇年鴉片戰爭之後，一八四二年簽訂南京條約，上海以及長江口以南的五處港口，開闢為通商口岸，新式的輪船取代平底船，海運也快速取代大運河，加上長江沿岸廣大的腹地，上海得地理位置之便，加上港口水深之利，順勢成為中國最大的國際商港。一八四三年十一月十七日，上海開埠之後，基於國際港埠建設的需求，在縣城北邊的低窪地填土，經過幾次造陸，新生地成了列強在黃浦灘一帶的租界。

開埠之後，蘇州河因水運之利，方便貨物裝卸，業者遂在水岸邊設置大型工廠。先是一八六五年中國第一座煤氣廠，「大英自來火房」開始供應煤氣，煤氣燈得以廣泛使用，上海因此成為「不夜城」。麵粉、紡織、化工、造紙等等大型工廠，以及銀行的倉庫也陸續興建於蘇州河邊。蘇州河邊不但是歌謠傳頌，纏綿悱惻的場域，蘇州河邊更是工業重地。下游一帶，放眼所見，載運貨物的舟楫幾乎停滿河道，不少船夫以船為家，「舳艫橫江」，通行不易。工廠、舟楫隨意排放廢水，也嚴重汙染蘇州河。

相對於蘇州河的工業帶，黃浦灘群集銀行、飯店等服務業，是上海最繁華的商業區。英美兩國在蘇州河南北，鄰近黃浦江成立公共租界，法國並未加入。法租界位於公共租界之南，在豫園以西一帶。豫園是上海城隍廟的內園，早在十八世紀豫園就有「內園錢業公所」，鄰近有許多服務業的公所，可見因國際商港所顯赫的財經意義。

光華眼科醫院位在豫園西邊不遠，繁華的街區上。

黃浦灘一帶，五方雜處，即便日本覬覦上海，由於有租界掩護，對有心者而言，租界恰是追尋機會，營商，創造事功的最好舞臺。張錫祺選擇在法租界，環龍路（今南昌路）與金神父路（今瑞金二路）路口開設光華眼科總院。醫院前的人行道恰是上海著名的景觀——枝椏開張，樹皮白綠斑駁，西歐列強國家引進上海的梧桐樹。入冬，一片片樹葉飄盪而下，灑落一地金黃，是上海詩情畫意的城市意象。醫院臨街，低矮的圍牆，有兩道下凹的半圓弧，益顯圍牆的裝飾性。圍牆、大門之間矗立著五根方形圍牆柱和門柱，柱子接近頂端處有道凸起的小飾帶，頂上有扁平突出的罩子以收束。光華眼科由兩間洋房打通，正門拱形的大門，上有兩道圓弧飾帶，呼應圍牆的圓弧。大門兩側是多立克風格的小圓柱，拱門上，一、二樓之間的飾帶上橫貼著「光華眼科醫院」招牌。

環龍路與金神父路一帶是著名的小俄羅斯區，俄國十月革命之後，俄羅斯移民，或稱白俄，在中國的重要聚居地。光華眼科在八仙橋、維爾蒙路（今普安路）附近設分院，同樣是法租界的核心區。八仙橋的命名緣自英法聯軍之役，一八六〇年，英法聯軍在通州八里橋取得關鍵性的勝利，其時，上海法租界開闢的新街道，乃以八里橋命名，而「里」字吳語發音近「仙」字，遂名諸八仙橋街。

光華醫院總院和分院，距離孫中山故居不遠，約略在江南名園豫園，與名剎靜安寺之間，鄰近多是中產階級的住宅區。開設醫院之外，張錫祺還在上海城區東南的東南醫學院擔任眼科教授，後來接任醫學院院長。回大陸致力於祖國的醫療與醫學教育，一出手就佈局恢宏，展現高遠氣勢。至於醫院的收費標準，白內障開刀收費，一般人金條一條，平民、軍人免費診治，醫院一天的收入可以買一部一般型的福特轎車，非常豐厚，但收入大部分支援東南醫學院的開銷，還私下幫助許多「政界」的朋友。

張錫祺到上海不久，在中華書局擔任編輯王學文即前來造訪。中華書局編輯只是掩護，王學文真實的身份是上海中共地下黨的黨務工作負責人。王學文感謝流亡臺灣時張錫祺的掩護與資助，而張錫祺來上海不久就與老友重逢，倍感溫暖。張錫祺知道王學文除了工作的需要，還得接應一些人，長期需要大筆經費，乃主動告訴王學文：

「醫院的收入還不錯，爾後遇有經費短缺，請隨時到醫院來。」

王學文簡單回了一句：

「大德不言謝。」一派古俠客風範。

張家老五，跟隨張錫祺習醫的張錫鈞，由於工作有著落，生活穩定，一九二六年冬天，張錫鈞的母親乃安排他與表妹謝好成親。翌年，育有一子。然而拿到醫師執照之後，由於日本政府不承認中國頒發的證照，在臺灣不可以行醫，遑論伸展志業，與張錫祺商量之後，決定到廈門去。一九二九年夏末，張錫鈞比張錫祺早半年到大陸。行醫只能夠回大陸，而張錫鈞放下老母、妻、子，斷然隻身西渡，更是為了一圓光復臺灣的凌雲之志。

一九二九年七月十一日傍晚，高雄碼頭停靠一艘開往廈門的輪船，張錫鈞一上船就看到高雄州特科科長佐藤與高雄市警察局特高科長三木，站在甲板等著。張錫鈞雖然有點意外，但也不太訝異，他了然，擔任過電報收發員，曾接觸過大量機密文件，辭職之後熱衷參與華僑事務，挑明與日本政府對立，早就被盯上。佐藤示意三木搜索，未等張錫鈞同意，三木就搶了張錫鈞的手提袋，翻找再三，除了幾套衣褲，就是一些日常生活必需品。手提袋查不出名堂，接著，搜身，還是找不到可以留下張錫鈞的證物。最緊要的，當然是與電報有關的幾本筆記，但，機靈的張錫鈞早已燒燬。插在上衣口袋，專程到臺南大井頭興文齋書店購買的孫中山先生紀念筆，三木或許以為只是一般的鋼筆，並沒有仔細查看。搜索之後，佐藤與三木有點喪氣地問張錫鈞：

「幾時回來？」如此問話，或已預告，特高將迎接張錫鈞返鄉，而且警告張錫鈞：「在大陸可要安分。」張錫鈞為了脫離臺灣籍可幾經轉折，由張錫祺安排過繼給中國籍，張錫祺的母親，早已成為「臺灣華僑」。

張錫鈞抬頭張望山巒環繞的港區，稍稍緩和現場氣氛之後，昂起頭，傲然地高聲回說：「我會乘軍艦回來！」

佐藤與三木狠狠地瞪著張錫鈞，卻莫可奈何。

待佐藤、三木下船，船即起錨，兩人悻悻然，眼睜睜地看著臺灣華僑逐漸遠離視線。

輪船緩慢行駛著，張錫鈞背對豔紅的斜陽，直望著打鼓山與旗後山。張錫鈞的姊夫顏興曾經卜居旗後，旗後有「威震天南」礮臺，一八九五年，乙未之役日本侵臺時，「威震」兩字遭日本軍艦吉野號擊毀。張錫鈞曾經隨顏興到旗後探望姊姊與外甥，顏興為張錫鈞嚮導礮臺，緬懷乙未戰役的戰況。船過旗後山，腦海裡油然浮現前清秀才傅錫祺〈高雄舊礮臺〉七言律詩：

鎖鑰南門壯大觀，
珠崖一棄水聲酸。
斷瓴斑剝描蝌蚪，
穴壁彎環認彈丸。
出沒牛羊春草長，
淒涼瓦礫夕陽殘。
平生銅狄摩挲意，
悄立山頭欲去難。

詩是顏興抄錄的，由於詩人與二哥同名，加上詩中所詠嘆的是日本肆虐故鄉，打狗礮臺遭礮擊，傷痛的情境，所以印象特別深刻。

「平生銅狄摩挲意，悄立山頭欲去難」，是難免萌生幾多感慨。然而，西渡祖國坦然踏上冒險之路，此行目的，既非商人般地獵取財富，亦非政客般地掠奪名位，更非為了追求女人；不圖名、利與女色，西渡祖國所致力者，無非是與侵略者的搏命鬥爭。可以預見的是，路途崎嶇、坎坷，「復仇雪恥知何日」，「江山亦要偉人持，不除日寇誓不休。」

一定「乘軍艦回來！」

旗後山與打鼓山，兩山夾峙的水域逐漸變小，兩山之間逐漸變窄、密合，竟而淡入逐漸昏暗的天地之間。何日再見故園？「滿腔熱血此時多」，張錫鈞回身向著業已呈暗紅色的夕照，心事重重地翹首雲天。

別家園，
夕陽殘。
蕩日寇，
漫步斜灣，
與君重登旗後山！

人事淬鍊廈門港

翌日下午，船甫過金門，張錫鈞一直眺望著臺灣人交相傳述的「萬國租界」，也是國恥的印記——鼓浪嶼。心裡忖量著鼓浪嶼的景況，來到廈門，應不寂寞。懷想業已過世的鄉前輩，家住臺南米街的前清進士施士洁，因為「誓不從倭」，於一八九七年五月八日，「選定國籍日」截止之前，放下臺灣的家產，回到泉州故里，晚年是鼓浪嶼菽莊花園，林爾嘉的賓客，一九二二年去世於鼓浪嶼。施士洁別臺詩云：「逐臣不死懸雙眼，再見英雄縛草雞。」即便傷痛臺灣之失，然，收復故土可能期盼！且待當年驅逐荷蘭人的英雄——鄭成功收復臺灣。

目下，神州大陸正遭受日寇肆虐，竟而「今日已無乾淨土，九原愁殺六安汪」，原本一片安詳的地方已然陷於汪洋中。當下，一如施士洁，張錫鈞同樣恥為亡國奴，同樣懷抱毀家亡國之痛回到祖國。不同於施士洁的常懷感傷，張錫鈞可壯志凌雲，返回大陸，目的在履現光復臺灣的志業——乘軍艦回臺灣，重登旗後山。

「海上誰來建義旗」，昂首長天，廈門是張錫鈞履現志業的開始。

張錫鈞深信，天地間，為惡者沒有存在的餘地，尤其對日寇的殘暴殺戮稍有認知者，無不希望予以痛擊。祇要有信心，祇要堅持、力行，一如在臺灣時不惜衝撞強者，勇於突破極限。就從行醫開始，蕩開襟懷，開闊目光，盱衡當下，既非無能，豈能無助。收復故土的抱負，在父祖之國的土地上一定可以實現。

張錫鈞第一次來到大陸，隻身勇敢開拓事業。而臺灣華僑回來奉獻祖國，華僑總會已經預作安排，何況張錫鈞多年來熱心參與華僑事務，在閩南臺僑圈子已小有名氣，因此，一下碼頭就有人接應。

「爭名於朝、爭利於市」的論調或許庸俗，卻是放諸四海而皆準的常識。光華眼科醫院就設在廈門的政經、文化中心，思明北路。思明北路七十三號，一座兩層樓，立面由清水磚砌成，清水磚之間有幾道白灰色的横飾帶間隔著，相當顯眼。精美的立面包覆著木構閩式樓房，樓房前進、後進之間，有採光天井隔開，天井的右伸手是衛生間。前進的一樓是醫療室與候診室，醫療室擺放一張看診的桌子，桌子一角是張有靠背，可轉動，醫生的座椅，右手邊是病人的圓座椅，也可以轉動。醫生後方的矮櫃上放著裝硼酸水的大型玻璃罐，還有幾個丫字型，中空的白鐵接水器，硼酸水沖洗患者眼睛時，患者拿著接水器緊貼在眼睛下方接水。早年眼科醫生看診時，大都會「洗眼睛」，接水器是必備的器材。矮櫃上方，還掛著一張放大的眼球圖。

診所的規劃，候診室，貼著左右兩邊的牆，各擺兩張椅面由長條杉木間隔組合而成的長木椅，陳設簡單。二樓，前有深約三米的陽臺，隔開街區的喧囂，也避免太陽光直接照射到室內，充分發揮區隔的功能。二樓有三間房間，臨街的兩間，有一間佈置為客廳，另一間是客房；樓梯通廊旁是間面積稍大的客房，大客房中央有格扇門，可以隔成兩間，充做病房。當時，眼科開刀、住院的案例非常少，因此「病房」經常供臺灣鄉親借宿。

張錫鈞選好診所的地點後就寫信報告張錫祺，約一星期就收到張錫祺寄來一套眼科醫療器材，以及一大袋藥劑。在大陸，購買醫療器材與藥劑，談何容易，張錫祺瞭解大陸的狀況，似乎早有準備，一收到信就立即支援，張錫鈞才可能籌備約半個月就開張，可見張錫祺的用心。

在陌生而嶄新的世界開啟嶄新的事業，支撐張錫鈞最有力的，無非是光復臺灣的誓言，乃至無限的想像和期待。苦讀幾年中國古籍，尤其受陽明學說影響，張錫鈞確信，理想兌現與否，關鍵在個人的主觀信念與意志的堅持，一定可以踏出成功的第一步。

廈門光華眼科，張錫鈞首次綜理醫院業務，抒展行政能力的同時，也是處於沒有張錫祺叮囑的情境下，初次考驗醫術的真功夫。一位不滿二十五歲，臺灣來的年輕眼科醫師，並非醫學院出身，開業伊始，醫術難免被質疑，但，如此刻板印象，很快就改變。出自張錫祺門下，終究醫術了得，加上張錫祺刻意安排，開業不滿一個月就有一位多年來為白內障所苦的歸國老華僑找上門。老華僑的家人說，幾位友人輾轉推薦而找上光華。手術之後，配上眼鏡，視力改善不少，華僑家人奉上醫療費用黃金一條時，感恩再三。張錫鈞醫術超卓也跟著宣揚開來，加上貧者只要表示困難即免收費，於是候診室經常滿滿患者，當然，每天收入頗豐。

廈門有「小上海」的美喻，國際商港的城區，來往多東西各國人士，加上鼓浪嶼是萬國租界，因此，廈門很自然地成了國內外多方勢力競逐的重要場域，這，可方便張錫鈞廣泛交接賓客。不過，多方勢力混雜的港市猶如險惡的叢林，置身其間，形同與豺狼共處，然而，能夠機靈應對，卻不無可能從中獲得一些難以預設的收穫。廈門光華眼科實為淬礪張錫鈞個人磁吸效應，乃至於之後綻放光芒的試金石。可是，如何釋放光能？如何開拓人脈？就張錫鈞在臺灣處理僑務的經驗，中國人廣義的「血緣」關係，包括國族、同鄉、同宗等等，都是拓展人際關係的好管道，何況亂世奇才「藏錐囊中」，能不快速脫穎而出？

病患多，收入豐，行有餘力，張錫鈞遂於一九二九年底，來廈門不到五月，籌組「旅臺華僑協會」，協助臺灣同胞。不少回臺灣遇有困難的鄉親，來醫院找張錫鈞，張錫鈞看診的空檔就到候診室見客，如果缺旅費，張錫鈞立即給錢，如果是其他棘手問題，等看診之後到二樓客廳面談。

所謂的「臺灣華僑」，其名稱與身份，肇因於日本據臺之後，不少臺灣人不願淪為倭奴，渡海回到原鄉，再以中國籍回臺灣，這些人就是日本人口中的臺灣華僑。他們不但沒有經濟基礎，回到臺灣之後，更是日本政府長期刁難，監控的對象。即便在大陸原鄉，但侵略者的魔掌依然伸長，不時肆虐這些弱勢臺僑。

張錫鈞到廈門時，正是日軍企圖發動侵略福建戰爭的時候。

福建境內多丘陵地，地形破碎，交通不便，兩千年來即便中原多次戰亂，竟因此成了不爭之地。歷代以來，中原氏族因躲避戰禍，幾次遷移到福建。但，近代，西力東漸之後，情勢已然改變。由於廈門港的航運之利，加上位在臺灣海峽，兩岸之間優越的地理位置，在戰略上，廈門的地位益形重要，遂成了侵略者，尤其日本，占領臺灣之後，亟欲染指的目標。

為了奪取廈門，日本領事館預先鋪設有利的情勢，從人開始下手，採取離間海峽兩岸人民情感的陰毒策略。先期，在碼頭經常可見，一船一船的臺灣流氓，被驅遣為傀儡來到廈門。這些流氓橫行街坊，敗壞原本質樸的民風。日本的具體作為，主要協助這幫人開設賭場、鴉片館，一則醜化臺灣人形象，再則毒化大陸，更離間兩岸同胞的感情。根據一九三〇年統計資料，臺灣人開設的「毒窟」，僅僅汕頭、廈門兩地就超過兩百家。日人不但開始佈署戰爭的有利氛圍，且已實際下手，盤算的是，一旦戰爭爆發，能夠快速，且全面地控制廈門港。一九三七年，蘆溝橋事變之後，日本終於發動侵略福建的戰爭。時在廈門的弘一大師決心護法，拒絕離開閩南，而且有不惜殉教的決心，「為護佛門而捨身命，大義所在，何可辭耶？」侵略閩南的戰爭爆發前夕，張錫鈞被召喚，前往上海，協助張錫祺。

到廈門不久，張錫鈞就因為醫術高超，加上致力於臺灣華僑工作有成，被推薦參加張氏宗親會，有機會認識張贛之上將、海澄縣長張瀾溪，以及廈門市政府官員張揚波等等宗親。這幾位同宗長輩對於張錫鈞因何到廈門行醫，到廈門之後的作為，以及作息時間，都已調查清楚。有回晚宴，張贛之提議邀張錫鈞參加，禮數周到的由張揚波出面邀請。張揚波親自登門，張錫鈞很意外。張錫鈞獨自一人在廈門，看診之後，除了看書，並沒有其他消遣，當然樂於一起吃飯去。張錫鈞說：

「蒙長輩們厚愛，長官竟親自邀請，晚輩實在承受不起！承受不起！」

由於剛結束看診，張錫鈞接著說：

「請長官稍等幾分鐘，很抱歉！清理一下診間，換件衣服就出門。」

一老一少，行走街上，邊談天，邊與路過熟人打招呼。兩人走在街上，很多人看著，知道張錫鈞有當官的朋友。

兩人進入飯館雅間，張贛之、張瀾溪都已在座。沒等坐下，張錫鈞就恭敬行禮說：

「各位長官厚愛，小民晚輩承擔不起。」

張贛之回說：

「醫師您太客氣了，都是一家人。坐！坐！坐！不必客套。

「臨時請您來，實在抱歉！感謝您願意賞光！」

張錫鈞平日不喝酒，但酒量尚可，陪幾位前輩乾了幾杯白酒。大家喝得痛快，說好，以後晚上如有飯局，勞駕張揚波，指派市府祕書先行通知張錫鈞。

透過張贛之等人的聚會，不但拓展寬廣的人脈，而且有助於之後的工作。不過，張錫鈞幫旅廈臺灣華僑爭取權益，卻因此與地方官員長期對立，也為自己招惹麻煩，甚至面臨殺身之禍。

思明縣政府於一九三〇年春節前夕，發公文給日本駐鼓浪嶼領事館，主旨竟然是：

「張錫鈞是臺灣來的共產黨員。」

此一國格蕩然的作為，主要目的，無非是企圖假藉日本政府之手，逼迫張錫鈞離開廈門回臺灣去，一旦回臺灣，頂戴共產黨員帽子，只有死路一條。幸有在日本領事館擔任翻譯的臺灣青年獲悉後，利用春節假日外出時，趕快到光華眼科找張錫鈞。來人拿掉草帽後，張錫鈞一看理個大光頭，且神眼游移，立即帶往二樓。原來張錫鈞在廈門已經有相當知名度，人脈延伸有成，一旦遇有重大事故會有人通報。之所以到二樓談話，乃因張錫鈞一見面就察覺，一定是關係重大的機密情事。於是，由張錫鈞引領，登上略顯昏暗的木造樓梯，一個轉折就到了二樓。走過油面紅磚鋪面走廊，張錫鈞領進有玻璃門窗與陽臺區隔的會客室。帶上房門，翻譯員告訴原委之後，建議：

「安全起見，建議張醫師暫時離開，避避風頭。」

張錫鈞再三感謝通報，送通譯下樓之前，張錫鈞拿出一副黑框平光眼鏡，因擔心誤會，邊遞給通譯員邊解釋說：

「需要變裝時用得著。」

通譯離開之後，張錫鈞琢磨再三：

「一旦逃避，而後將難以在廈門立足，甚至真的被驅逐出境。

「醫生的身份，加上在廈門已經有相當人脈與知名度，何況這裡是中國領土，日本人應該不敢太囂張。

「逃避，反而誤事。此時，不動聲色，靜觀其變，才是最上策。」

春節過後不久，幾位日本人果真找上門，以「查戶口」的名義來到光華眼科。張錫鈞接獲掛號室的護士通報，由於心裡早有準則，帶著篤定的笑容緩步走到候診室，一見來人，行禮致意後，客氣地說：

「護士不懂日語，很抱歉！歡迎幾位先生來看診，有請先行掛號。」

其中一位表明是來調查戶口的，一聽查戶，張錫鈞即正色回說：

「查戶口？請出示證件。」

來人表明是日本領事館的人，一聽是日本領事館的人，張錫鈞臉色嚴肅，放低嗓門，和緩地說：

「中國公民在中國領土上行醫，何勞日本領事館的大人來查戶口？」

眼看張錫鈞態度強硬，加上於理於法都說不通，明的不行，遂來陰的，要臺灣流氓到醫院騷擾。臺僑在廈門的惡劣行徑，一九三四年七月二十一日，《臺灣新民報》廈門支局開設紀念特刊，日本駐廈門領事塚本毅發表〈指引新生活——秉持共存共榮之鐵則指導台僑〉，明白指出：

「眾所皆知廈門之事不仰賴華僑便無從解決……政商與軍界無不對華僑有口皆碑

且崇敬有加。反之台灣人的風評卻惡劣至極。廈門的台灣人皆屬無賴，不時擾亂治安，令人又懼又恨之印象根深蒂固。」

縱然廈門臺僑的作為，惡劣到令日本領事不齒，而年紀輕輕的張錫鈞，總是走過風浪的人，不過幾個混混，他透過關係，很容易就擺平。

日本人的欺壓是一回事，不肖中國官員欺凌臺灣人的事卻不能不盡快解決。此因時有回臺灣討生活的華僑辦理護照時，除了正常的手續費，承辦人員竟然需索取額外的「規費」，不付錢就不發給證明。但手頭緊，怎可能應付需索，於是找上已有口碑的光華醫院協助。張錫鈞拿定主意，中國官員欺凌臺灣華僑的事，不能不伺機澈底解決。

再婚定情筧簹湖

一九三〇年秋天，緊跟著張錫鈞、張錫祺的步履，顏興帶著妻子與一對兒女顏世鴻與顏一秀來到閩南行醫。之前，有位住在泉州的歸國老華僑，請顏興到泉州幫他醫治白內障。老華僑的盛情與信任，直讓顏興疑惑不已，素不認識，而且是開刀處理白內障這麼專業的手術，怎會找上他？心想，唯一的可能就是張錫祺的安排，其目的無非是為大陸東南的醫療工作佈局。一如廈門的張錫鈞，也是張錫祺介紹白內障開刀而打響知名度。顏興在泉州東南隅的深滬幫老華僑開刀之後，老先生建議，回大陸。在泉州行醫，全套的醫療器材與藥劑，也是張錫祺由船運送來。

顏世鴻在深滬行醫四個月之後，突然有秀塗村的張家鄉親找上門，認為深滬有點偏遠，鼓勵顏興搬遷到泉州城區，好照顧更多病患。從張家族人的口氣，顏興猜想，又是張錫祺在背後默默著力。

泉州，北宋設置市舶司，是海上絲路的起點，也是大元帝國時世界第一大港。由於世界貿易的機緣與必然，近千年來，自然而然地，有多種民族、多種宗教交流於泉州，而今，泉州仍有不少阿拉伯、波斯後裔。由於明、清一度鎖國，導致泉州對外貿易地位快速滑落，但昔日風華並未褪盡，依然光彩不凡。秀塗村位於洛陽江入海口，港闊水深，是天然良港，也是泉州重要的碼頭區。秀塗村曾經是裝卸煤油的主要碼頭，長年遭受汙染，積累下來，空氣中一直瀰漫油臭味，因此被稱為「臭土」，為了美化，地名以諧音「秀土」得名雅致的「秀塗」。張錫祺安排顏興到泉州，除了服務故鄉，應也著眼於泉州的歷史文化與港埠之利。

族人先引領顏興夫婦與兒女到「雲山張氏宗祠」祭拜祖先之後，一九三〇年春天，泉州街上掛出光華眼科的招牌。由於顏興的技術已有口碑，加上族人大力介紹，病患相當多，於是要妹婿郭漢海過來幫忙，順便習醫，取得證照。

顏興在泉州時，一九三三年，適逢閩變。閩變在泉州的景況，顏興寫信告訴張錫鈞大意說：十九路軍進城時，大刀揹在背上，大刀上蓋著寫有十九路軍的大斗笠，整支軍隊步伐整齊，虎虎威嚴。衣服雖有一些補丁，但清潔得體。撤退時，街道清理得乾乾淨淨，一枝草也未留下。

閩變有多方勢力介入，贛南紅軍的代表潘漢年特地從蘇區前來，與蔣光鼎、蔡廷鍇等簽署停戰，齊力抗日協定，張錫鈞因此知道潘漢年的大名。潘漢年後來幾次負責佈署上海中共地下黨的情報網，對於張錫鈞在上海的情報工作，乃至晚年的際遇，都有相當深遠的影響。

不知因何緣由，張錫鈞並沒有像張錫祺、張邦傑、顏興一樣，帶著家眷一起到大陸。張錫鈞隻身渡海到大陸，在廈門這幾年，成天忙於醫療與協助臺灣華僑的工作，因為喜歡閱讀，有空就逛書店，買幾本書，平日不喝酒，非必要，不應酬，生活非常簡單。有位治療白內障的張姓老先生，看到診療室的小書架上放著幾函線裝書，知道張錫鈞也是讀書人，回診時特地拿來一張傳家寶，張瑞圖書寫的扇面送給張錫鈞。老先生說：

「張醫師不但醫術高，難得的是氣宇非凡，雅好古人書。

「寶劍以贈英雄，張尚書，二水公是晚明四大家之一，與張醫師都是泉州人，更難得的是，都姓張，張醫師不無可能是二水公的後人。

「二水公的行草，筆鋒翻折跳蕩，線條連綿不斷，行筆輕重變化有致，結體疏可走馬，密不透風。無論用筆或結體，都寫出自家面貌，是書法史上難得的傑作。

「幾代家傳的扇面，書寫內容摘錄自李白著名的〈月下獨酌〉：

『花間一壺酒，獨酌無相親。舉杯邀明月，對影成三人。月既不解飲，影徒隨我身。暫伴月將影，行樂須及春。』

「書寫扇面之前，必須先壓平。由於上寬下窄，書寫時，佈局得配合調整。

「這，張醫師一定知道。請恕老朽多言！老朽多言！

「今，遭逢學貫中西的雅士，特地持贈張醫師，敬請先生寶愛。」

老先生的盛情，令張錫鈞頗感意外，感謝宗長的厚愛，只有恭敬收下。由於原來的裱褙稍有剝落，但為了避免重新裱褙毀損原作，張錫鈞要裱畫店將天杆、地杆裁掉，其餘保留，裝框保護。紫檀木細框不著色，作品上覆玻璃，玻璃與扇面之間空出一兩分間隙，背板指定梧桐木。橫披鏡框，掛在原本牆上空蕩蕩的候診室，不但顯眼，也增添幾分書卷氣。老先生回診時，看到裝框後典雅的書作，駐足良久。張錫鈞陪老先生看字時，解釋裝裱的過程：

「裱字店認為，既然舊作不重新裝裱，而且是裝框，建議，舊作底下，搨上一層雙宣，作為保護層，四角黏貼在背板上。以後必須處理時，揭開雙宣即可，避免傷到原件。」

老先生再三點頭稱讚說：

「您真細心，設想周到，真是有心人。

「二水公的佳作託付給您，老朽可以放心。」

張錫鈞在廈門的生活已經上軌道，卻一直沒有盤算讓臺灣的家眷到大陸團聚，不過，廈門的醫院與家裡總需要有女主人打點，遂決定另娶。巧的是，一九三二年，有位年方二十歲的女子，歸國華僑陳妙滿來光華看眼睛。到眼科就診，除非像白內障開刀手術，一般病人，洗一兩次眼睛，應該就沒事，然而，不知是醫生或是患者的意思，陳小姐竟然回診多次。有一次，回診的時間，張錫鈞事先安排在傍晚，陳小姐洗過眼睛之後即休診，邀陳小姐到離醫院不遠的篔簹湖走走。忙碌一天，走走，散散心。

篔簹湖，原來是天然深水港，名灣東（篔簹的閩南語諧音）港，由於廈門港區遼闊，不乏深水碼頭，卻苦於地狹人稠，乃擇定灣東港填海造陸。一九二〇年代，填土工程已大致完成，留下面積近兩平方公里，頗珍貴的一灣潟湖，沿岸先行栽種小樹苗，將逐步綠美化。一九三〇年代，篔簹湖的水色風光依舊是一片怡人的開闊氣象，海濱的天然野趣。

男醫師與女患者坐在篔簹湖岸邊漫談，張錫鈞主動提起臺灣家裡的事。之前，兩人已藉著看診的機會閒聊過幾回，陳小姐心裡也已明白張醫師的意思，對於發展進一步的關係，不但心裡早有準備，且已告知家人。陳家長輩透過臺灣的親友探訪哨船頭，對張錫鈞的家庭已相當瞭解，認同兩人繼續交往。當時的家庭，一個男人擁有多位妻妾並不稀奇，陳家並不反對女兒當側室。

張錫鈞有意與陳妙滿成立新家庭的計畫報告張錫祺，張錫祺是有點意外。張家幾位兄弟中，老大張錫奎並無小姬，張錫祺與馬場女士相互扶持，恩愛一生。張邦傑以革命、抗日為業，為了政治工作在大陸內地四處奔走，雖然先後有三位太太，但，包括被日寇殺害的王月娥，都是妻子去世之後再娶。

既然張錫鈞執意再婚，張錫祺只好出面主持婚事。張錫祺認為，這是張家第一次在大陸辦喜事，應該隆重其事，乃要張錫鈞到上海舉行婚禮。張錫祺平日生活非常節制，猶如清教徒似的，不過，為了弟弟的婚禮卻出手大方。婚禮決定在萬國風情的上海灘，沙遜大廈的華懋飯店舉行。沙遜大廈是當時黃浦江邊最顯眼的洋樓，最豪華的飯店。飯店頂上，青銅色高聳的尖塔更形塑出黃浦灘最亮眼的地標。張錫祺還安排，新人在上海四天三夜，都在華懋飯店過夜。

一九三三年夏末，張錫鈞帶著陳妙滿搭乘輪船到上海，船駛進黃浦江時，兩人已走上甲板，近岸時，遠遠就看到大姪子榮玉在碼頭邊等著。三人搭黃包車一到飯店門口，張榮玉揚起頭，一隻手指向大廈，強調：

「華懋飯店是蘇伊士運河以東最璀璨的飯店，二叔親自出面預訂的。」

預訂飯店時，張錫祺原本要張榮玉處理，或許看張榮玉年紀輕，飯店服務人員竟然不理會，還得勞駕張大院長親自走一趟，才敲定。

辦妥入住登記，放好行李後，再搭黃包車到光華眼科拜見張錫祺夫婦。張錫祺夫人已準備好晚餐，兩對夫婦、張榮玉與張錫祺女兒，一家六人難得團圓，全家很高興地一起用餐。兩位妯娌第一次見面，馬場女士以閩南語和陳妙滿交談。來上海之前，張錫鈞已向陳妙滿介紹二哥一家的狀況，包括馬場在臺灣居住將近四年，為了伺候婆婆，與婆婆交談，很快就學會閩南話，可見馬場的孝順、賢慧。妯娌兩人有共同的語言，方便聊天，互相認識。馬場一臉微笑地說：

「結婚之後，在臺灣與婆婆一起生活，日子過得滿愉快的。婆婆過世後，隨著院長來到上海，院長成天忙著醫院、教學工作，就獨自一人照顧女兒。

「弟弟、弟妹到上海結婚，家裡難得熱鬧熱鬧。在臺灣曾經和弟弟相處三四年，還有顏興姊夫，以及幾位同學，一家人和樂融融。當時，日常開銷全由院長負責張羅，日子不但過得無憂無慮，而且滿充實的，好想念在臺灣的美好時光。

「很高興妳到上海來，院長說妳要在上海四天三夜，真是太好了。

「這幾天，跟著榮玉，上海四處走走，走累了，歡迎回家裡多待些時間。」

日本女性談吐溫婉、肢體語言內斂、謙恭有禮的氣質，兩人互動歡愉，全家喜悅洋洋。妯娌相處愉悅的情境，兩兄弟相視微笑，並不插話，一直默默地傾聽兩人的談話。

婚禮安排在飯店八樓大堂舉行，大堂仿歐洲教堂的結構，中央是大堂，兩側的方柱之間，上有垂直拱圈，拱圈下緣接左、右側廊的天花板，如此高低設計，突顯大廳與側廊的空間變化。大廳與側廊上方的天花板掛著一列仿宮廷黃銅吊燈，吊燈燈光的映照下，廳、廊映現著金黃的光澤，忒溫暖怡人，切合婚禮的色調。

主婚人在請帖上特別註明：「婉拒禮金」。由於張家在上海並沒有親戚，朋友也不多，參加婚禮的，除了張家家人、光華眼科同仁之外，就是張錫祺東南醫學院的同事、幹部，總共約四十人。婚宴提供西式菜餚，張錫祺考慮到部分人的宗教信仰，因此選擇幾種海鮮為主菜，湯也是海鮮調製而成。

婚禮一開始，主婚人，一臉福態的張錫祺與穿著旗袍的馬場女士手挽著手，微笑地走在前頭，張錫祺夫人手捧白色玫瑰花，綠色文竹盤附其間，猶如自己結婚般的滿懷喜悅——當下的景況，對照當年在臺灣舉辦婚禮的情境，真有霄壤之別。張錫祺邊走邊揮手向賓客致意，接著，新娘挽著新郎的手臂，緩步入場。新娘頂戴白色蕾絲頭紗，身穿拖地約三米長的白紗長裙婚紗，捧花的文竹垂到地上，緩步行走時，文竹隨著長裙一步一擺動而飄蕩著。新郎張錫鈞著白色翼形領襯衫，配帶小領結，外著黑色馬甲、西裝，西裝左上口袋露出三角袋巾，腳穿深褐色雕花牛津鞋，臉頰略顯瘦削，然英氣流露。

張錫祺邀約的賓客中，男賓客大都穿著西裝出席，女士有著洋裝的，有穿旗袍的。謝南光擔任證婚人，江寧靜是介紹人，都是新郎的舊識。謝南光體型略微矮胖，方圓有肉的臉上戴著無框近視眼鏡，衣著不同於大多數的男賓客，身穿一襲長衫，登黑色布鞋，如此打扮出現在歐風大飯店，益發搶眼。

結婚證書用印之後，新人、主婚人與謝南光、江寧靜等一起上臺合影留念。合影完，喜宴開始，新人先行退席，很快的，新娘換裝回來，一襲緋紅提花旗袍，豔麗動人，挽著新郎走進會場。中場，新娘再次換裝，著粉紅色絲緞蕾絲旗袍回到宴會廳。由於準備時間短促，張錫祺來不及多安排幾套適當的衣服，因此，新娘只換裝兩次。

證婚人謝南光以上海話不靈光為理由，婉拒上臺說話，張錫祺只簡單說了句：感謝至親好朋友蒞臨之後，就請介紹人江寧靜致辭，張錫祺立即閩南語口譯，傳述給兩位新人。江寧靜語帶詼諧地說：

「奉院長，也是家師之命擔任同學的結婚介紹人，而且要上臺說話。

「師命難違，為了擬稿，背稿，昨晚可一夜沒睡好，話如果講得顛三倒四的，或無心冒犯之處，還請院長、請同學和弟妹，還有貴賓們海涵。

「介紹人與新郎都是張院長的學生，與新郎是同窗多年的老朋友，在一起生活三、四年。

「雖然同學朝夕相處，不過，修為有別。深感慚愧的是，雖然虛長同學幾歲，但至今仍是孤家寡人一個。如此際遇參加同學婚禮已經相當難堪，竟然還得上臺獻醜。

「敢問院長：是不是偏心？私下傳授自家弟弟甚麼絕學？」

江寧靜此話一出，張錫祺來不及口譯，賓客們已哄堂大笑。笑聲一停住，江寧靜煞有其事的面向張錫祺，深深一鞠躬後，一臉嚴肅，鄭重地說：

「那天，學生江寧靜私下請院長吃頓飯，敬請院長傳授一兩招絕活，好早日成家，生兒育女。」沒等話說完，連張錫祺都笑岔氣，江寧靜機靈地帶動會場歡樂的氣氛。

由於不少賓客第一次吃西餐，事先張錫祺與飯店談妥，上菜之前，麻煩服務人員稍事解說，刀叉怎麼使用，如何從外往內逐一拿取。刀叉使用後，服務員會盡快收回等等細節。由於擔心有人不習慣使用刀叉，張錫祺特地買了四十雙黑檀木筷子送給客人。現場都是自己人，無妨拿筷子吃西餐。

主婚人禮數周到，喜宴結束後，贈送每位賓客拿破崙蛋糕組合一盒。另依上海習俗，以多種色彩的手帕，折疊成一朵朵鮮豔的玫瑰花，離開時，大家自行取走，是為婚禮的紀念。

婚禮隔天，近中午十二點，張榮玉領著張錫鈞夫婦到法租界的石庫門吃道地的上海紅燒划水麵。張榮玉接著介紹場地：

「石庫門是租界特有的住宅區，大門的門柱有石柱支撐，是建築群的重要意象，也是石庫門得名的由來。

「石庫門裡有一些道地的『本幫菜』，光顧的都是熟客。

「時當秋夏之交，對飲食稍有研究的人都知道，正是吃魚的好時候。

「俗話說，『冬吃頭，夏吃尾，春秋吃雙水』，所以特地帶叔叔、叔母來品嚐以前不曾吃過的划水麵。

「划水麵的魚肉，取自青魚的尾部。魚使用尾巴划水前進，所以魚的尾巴稱划水。片下魚肉，下鍋稍煎過，接著加點糖，再淋點主要的調味料醬油，煮熟後，放在煠好的麵湯上就是紅燒划水麵。」擔心份量不夠，張榮玉還點了一盤上海名菜：爛糊肉絲。張榮玉解說：

「爛糊肉絲，食材很簡單，就是里脊肉和山東大白菜。
「要訣在，肉絲加鹽之後，手指頭輕輕抓肉，待肉稍黏時才下鍋。」
從進入石庫門到介紹爛糊肉絲，張錫鈞心裡有點訝異，姪子竟然見聞淵博。張錫鈞稱讚說：
「榮玉來上海不久，不但熟悉上海租界的環境、飲食，還可以用上海話交談，不但用心融入上海，而且頗有語言天份！不容易！」對於五叔的讚美，張榮玉靦腆以對。
簡單的午餐之後，轉往城隍廟拜拜。走出城隍廟，張榮玉已約好一位劉姓老秀才在廟口等著，麻煩他導覽豫園。張錫鈞頗感意外，榮玉竟然有這麼一位忘年之交。老秀才蓄著斑白長髯，神情矍鑠，頭戴黑色瓜皮帽，身穿灰色長袍，足登黑色千層白底布鞋。一見面，老秀才就向張錫鈞夫婦道賀，原來他昨天也參加婚宴。老秀才說：
「昨天就像劉姥姥進大觀園，大開眼界。雖然與劉姥姥同姓，不過，稍有不同的是，老朽可是開洋葷，第次一進到那麼宏偉、精美的洋建築。
「還好，有小張老弟陪著，否則真不敢走進大樓去。
「張醫師贈送精美的筷子沒用上。既然吃西餐，第一次開洋葷，當然要試試洋人的刀叉到底怎麼使喚。感謝張醫師賞賜這個機會！」

張榮玉翻譯成閩南語之後，張錫鈞聽出老秀才話中帶點絲絲的酸味，趕緊鞠躬行禮，回話說：

「有請您老海涵！有請您老海涵！吃得不習慣，晚輩向您致歉！」

「請問，昨天，您老人家是不是穿著一件絲質藏青色長衫馬掛？一派飄逸、瀟灑，仙風道骨，意象出眾，令晚輩過眼難忘。」

「喝！」老秀才驚歎一聲：

「張先生謬賞了！佩服醫師好眼力，好記性。賓客那麼多，竟然記得老朽，難得！難得！」

「哈！哈！哈！」

不過簡單幾句客套話就拉近了彼此的距離，大家仰頭哈哈笑了幾聲，熱絡地寒暄帶過。

老秀才領著大家來到九曲橋前，先行解說豫園的歷史：

「豫園，約三百七十年前，明朝嘉靖年間，刑部尚書潘恩開始興建的園林，庭院配合周邊的環境與地形來設計，整體格局相融精巧。園裡有好幾處景點充分烘托出庭園的特色，不愧是江南著名園林。可惜，近百年來，不幸多次遭到戰火波及，不少亭閣、假山也被破壞。」老秀才指著九曲橋：

「前幾年才改建為水泥橋，橋建得高了一些，導致新橋與水岸、水面之間，好像沒啥感情。整體的感覺，並不和諧。

「老朽覺得：九曲橋的這幾個曲，曲得好像說不出個所以然。不知張先生覺得如何？」

老秀才竟當然測試張錫鈞，還好張錫鈞讀過幾本中西建築史，以及建築美學的書，對於老建築的品評，還有點心得，回說：

「曲得不自然，尤其難以融入周遭的景致，確實有點唐突。」

老秀才哈哈幾聲：

「張先生高明！」

九曲橋進去就是豫園，一百年前，道光二十年，鴉片戰爭期間，豫園遭到波及，九曲橋的湖心亭曾經充做英軍司令部。鴉片戰爭之後，一連幾次戰火的摧殘折，豫園的際遇猶如中國晚近的遭逢。除了戰亂，更遺憾的是人禍，清末，由於上海工商鼎盛，豫園卻因此遭殃，有二十一個行業看上豫園的精美房舍與景致，逕自進駐，分管豫園，其中，最著名的是「內園錢業公所」，新建會館在豫園裡，公然瓜分，破壞豫園，猶如列強瓜分中國一般，江南名園因此景觀迥變，意境蕩然。

老秀才強調：

「園林中的不少景觀雖然已經被破壞，但，目前還是有些可以觀，可以遊，不過，必須配合導覽與說明，才可能從一些遺跡看出個所以然，進而好生體會早年是若何盛況。至於晚近因為公所進駐，胡亂搭房子，那些不堪入目的地方，看了難過，我們就避開吧！」

內園的亭臺、水石，以及花木，保存尚佳。老秀才說：

「相對於其他景點的殘破，內園保存完好，著實有點意外。應該是錢業公所長年負責維護才可能如此。」

內園的主要閣樓——晴雪堂面對著假山，假山佈署巧妙，左、右各有樓臺環抱，樓臺一直展延到山後。晴雪堂前有九獅泉，老秀才臉微笑地說：

「靜坐池邊，望著修竹，觀賞游魚，或凝視水中亭閣的倒影，清興萌生。人生難得如斯情境！因為張先生，老朽才有今天的機緣。」

老秀才邀三人一起坐下，輕聲說著：

「澄心觀賞之餘，閉目感受洞曲湧水，水聲的變化。直有神遊八方，縱浪大化中的通透。

「請體驗體驗澄懷觀道的意境。」說完，老秀才微閉雙眼，陶然其中。

晴雪堂，鄰近有觀濤樓，觀濤，顧名思義，可以看到江濤。老秀才說：

「老朽年少的時候，還可以看到黃浦江上的風帆，但，清末以降，風帆已被一棟棟樓房遮掩，早年情韻不再矣！」

豫園盡處是萃秀堂，堂的後面接市街，為了收束整個庭園而設計此堂，而且將萃秀堂隱藏在假山之中，如此匠心，區隔出詩意與喧囂。劉老省思一番，贊歎說：

「真是設計者的巧思！真是高妙！」

一出豫園，張錫鈞夫婦向老秀才深深一鞠躬，張錫鈞緊緊握著老秀才的手說：

「名園經先生解說，益彰顯其高妙。不虛此行！不虛此行！

「富貴不還於鄉，如衣錦夜行。古代官員在家鄉建宅院、庭園，致仕之後返鄉，風風光光安度晚年。

「聽劉老解說豫園之美，印證了書上所寫，早年高官的習性與作為。

「感謝劉老！不虛此行！真是一趟心靈的饗宴！」

老秀才回說：

「張先生年紀輕輕，但腹笥深厚，失敬！失敬！

「豫園一些意境，應該與張先生的修為契合，老朽饒舌。」

「劉老太客氣！」

兩人客套一番後，分手時，張榮玉與老秀才走在前頭，敏銳的張錫鈞看著兩人的手一來一往，相互拉扯幾下。張榮玉終究年輕力壯，硬是將信封裝的束脩塞到老秀才的兜裡。

待老秀才離開，三人直接回光華，馬場女士正在準備晚餐，張錫鈞太太主動進廚房幫嫂子。馬場要張錫鈞陪新娘子在客廳歇息，進廚房，且等下回來上海時再說吧。

用完餐，張榮玉送張錫鈞夫婦回飯店。由於時間還早，回飯店途中，一到黃浦灘就下車，張榮玉導覽外灘精美建築群。由南而北行走外灘公園，三人放慢腳步，張榮玉邊走邊解說：

「眼前恢宏的景象，形同國際建築競技展！包括多種西洋建築風格的經典。」由左而右張榮玉選擇幾棟大樓，一邊散步一邊解說：

「亞細亞火油公司大樓，有『外灘第一樓』的美喻。

「英國總會是歐美人士在上海重要的社交場所。大樓幾個樓層的立面，造型不同，但安排在同一棟建築不但不突兀，而且相融得宜。最特殊的是頂樓，兩側的兩座圓頂，類似鐘樓的衛樓構建，非常突出。

「有利銀行，仿文藝復興建築風格，中央有高聳的塔樓是其特色。

「匯豐銀行，是外灘門面最寬闊，氣勢最宏偉的大樓，曾經有『蘇伊士運河到白令海峽最講究建築』的令名。整棟建築最搶眼的中央立面，上下分成三段，底部是三座拱門，中間是愛奧尼式柱子，最上一段是穹頂。上、中、下特色鮮明，卻無礙整體的和諧，處理得很高明。」張榮玉強調：「這是我最喜歡的一棟大樓。」接著說：

「上海海關大樓樓高近八十公尺，是外灘最高建築，入口門廊聳立著四支多立克造型的巨大柱子，顯露出整棟大樓的莊重風格，拔高的鐘樓，更強化整棟樓的氣勢！」

張榮玉左右掃視一遍外灘後，意有所指地說：「外灘的建築百看不厭，值得好好觀賞！由於時間不多，只能快步走過，匆匆介紹。待下回來上海時，再為叔父、嬸嬸好好導覽！」

張錫鈞讚美說：「榮玉對上海種種確實下過相當功夫！

「熟稔建築史，有關建築美學的修為相當高！真是不容易！

「下午走訪中國著名庭園，晚上欣賞西方經典建築，今天真是東西美學心靈的盛宴！感謝榮玉的安排！」

隔天一大早，搭船回廈門，張錫鈞夫婦走出飯店一樓電梯門時，一看，馬場、榮玉已經在大廳等候。一出飯店，叫了門口兩部黃包車，直奔碼頭。妯娌短暫相聚行將離別，馬場隨著丈夫來到大陸，難得有年齡相近，相處投緣的妯娌到上海來，才相聚幾天，更是不捨。上船之前，兩人離情依依地手牽著手，眼眶都紅了，張錫鈞一再催促才上船。船啟航，馬場一直站在碼頭邊揮著手，張錫鈞太太則緊靠著甲板欄杆，也揮著手，船走遠，看不到碼頭，張錫鈞才陪太太走下船艙去。

張錫鈞與陳妙滿在漫天烽火的歲月，總共育有六子一女。幾年後，張錫鈞到上海行醫，子女們都由馬場女士幫忙照顧。

張錫鈞有了新家庭之後，繼續專注於醫療、僑務工作，遇有機會也順勢拓展人脈，且因為張揚波的關係而結識幾位軍統人員。軍統，全稱是「國民政府軍事委員會調查統計局」，簡稱軍統，一九三二年，蔣介石指示成立，成員以黃埔軍校校友為主，負責情報蒐集與暗殺政敵的工作。軍統人員身著藍衣黃褲，因此也稱「藍衣社」。軍統的前身是「力行社」，力行社所標舉的是蔣介石依明代大儒王陽明知行合一學說所發展出來的「力行哲學」。張揚波在張氏宗親聚會時，瞭解張錫鈞的背景與為人之後就經常到光華眼科聊天，先是話家常，漸漸地，話頭多偏重探討時局，尤其張錫鈞最熟悉，最感興趣的臺灣問題。張錫鈞乃為張揚波簡單講述臺灣現代史，從一八九五年乙未之役，臺灣人的國仇家恨談起：

「乙未之役，日本軍隊從臺灣北部、南部登陸之後，從北到南，一路有多起激烈的接觸戰。臺灣人英勇抗日，也犧牲慘重，而日軍一路清莊，一路殺戮。乙未之役加上接續那幾年，有說十多萬，有說四十萬，甚至更多臺灣同胞遭殘殺。

「晚輩的三位舅舅，在日本侵臺之役先後戰死。割讓臺灣，導致臺灣人蒙受亡國毀家之痛。

「乙未之後，持續有多起武裝抗日事件。一九一一年，梁啟超應林獻堂之邀訪問臺灣時，勸告臺灣人放棄武力抗爭，不要再無謂的犧牲。

「梁啟超所持的理由是，光憑臺灣人的力量，不可能驅逐日本人。可以預見的三十年之內，中國絕無能力可以救援臺灣。與其犧牲寶貴的生命，不如循議會路線對抗日本政府。

「知識分子多接受梁啟超的建議，這也是之所以後來蔣渭水主導成立臺灣民眾黨的緣由。

「梁任公訪問臺灣時寫了百餘首詩詞，其中，『破碎山河誰料得，艱難中弟自相親』，令人感慨良多。

「還有，寫戊戌六君子譚嗣同，『西北濤頭起，故人曾獨來』，任公自註，『死友譚壯飛於甲午前後曾兩渡臺灣，欲有所建樹』。譚嗣同是為了中國，盤算到臺灣有番作為，晚輩是為了光復臺灣而回祖國。對於任公寫譚嗣同，當下，晚輩是別有感受。」

說著說著，張錫鈞低頭陷入沉思，待思緒平穩後，繼續說：

「日本據臺之後，除了早期的武力殘殺與接續的政治欺壓，日本政府更長期榨取臺灣的農業資源。

「多少臺灣人的田地被日本人強迫沒入，改為大型農場，種植甘蔗。

「臺灣的水利設施，也是為了土地開發，掠奪農業生產而開闢。

「臺灣生產的蔗糖、稻米，絕大多數都輸往日本。一個生產稻米，一年兩熟的地方，不少農人竟然只能夠吃蕃薯簽——這就是日本政府剝削的結果。

「正因為土地掠奪，橫征暴斂，以及物價高漲，官逼民反才引爆一九一五年的西來庵事件。日軍鎮壓時，瘋狂清莊，光是噍吧哖公學校附近就有三千男性被屠殺。

「西來庵事件，共一千九百餘人被捕，八百餘人被判死刑。

「從這些統計數字應該可以充分瞭解，日本政府統治臺灣是如何殘暴。」

張錫鈞談起臺灣總總，每每說得憤慨莫名。

「晚輩原本在電臺收發室的工作安定、輕鬆，薪水又高，就是懷抱國仇家恨，恥於充當迫害者的幫凶，立志驅逐日寇才辭職。

「有幸跟隨家兄學醫，拿到祖國的眼科醫師執照後，渡海來廈門行醫。「晚輩見識過日本軍國主義者欺凌臺灣人的諸多不是，來到廈門之後，在自己的祖國，臺灣人竟然也被欺壓，不得不挺身而出，協助臺灣鄉親。

「經常給政府單位增添麻煩，請前輩多多擔待！」

國民政府官員竟然經常談論臺灣問題？因何如此關心臺灣？張錫鈞不解張揚波的存心與身份，有天，終於直率地問說：

「宗兄，您對臺灣問題如此感興趣，到底為甚麼？是工作需要？或是個人的興趣？請問，您的真實身份是？」

張錫鈞問得唐突，但張揚波並不以為忤，坦白表明，他是軍統指派到市政府工作。早先的疑惑：「張揚波因何與張贛之、張瀾溪平起平坐？」張錫鈞終於有答案。既然是軍統的人，而且表白身份，篤定張錫鈞不會、不敢洩露。既然揭了底，張揚波遂明言：

「張醫師經常接觸臺灣華僑，如果有關日本、臺灣的重要訊息，請即時通報。」張揚波之前請張錫鈞簡述臺灣史，或是透過歷史敘述，藉以測試張錫鈞的政治立場，尤其對國家的忠誠度。

「錫鈞兄如不介意，以後小弟會常來打擾。」話講得平淡，但形同下指令，張揚波擺出的姿勢非常清楚。

張錫鈞來大陸，原本以行醫為優先，時間、財力稍有餘裕就協助臺灣華僑，等待機緣成熟，再穩健地踏出下一步。不意，卻被軍統「看上」，要求提供資料，不得不配合調整步調。早些年在電臺收發室的專業訓練與長年培養的敏銳度，張錫鈞了然，這是幫軍統收集情資，擔任軍統的外圍。既然被軍統「盯上」，而且張揚波已經下指令的當下，一旦拒絕，形同自己找死。雖然是在被脅迫的情境下不得不然，但，只要是為國家，為了實現光我中華的志業，不分黨派、路線，張錫鈞都樂於協助，於是坦率地允諾。這，或是偶然的必然，或是時代的命定，且形同「在職訓練」，張錫鈞從此踏上搜集情報的不歸路，之後十年，不但翻攪諜海，甚至撼動世局。

同意配合之後，張揚波還是繼續觀察些許時日。有天中午，在候診室等著的張揚波，待看診之後，邀張錫鈞到街上去吃點東西。吃點東西，竟然走進「正中書局」，轉入一間採光不佳的內室。一進門就看到小圓桌上擺著三副碗筷，以及簡單幾道菜。

張揚波介紹端坐在內室陰暗處，背對窗戶，面朝入口小門的書店負責人徐振東。張錫鈞之前曾多次到書店購買中國文史方面的書籍，與徐振東聊過幾句，不意，書店老闆竟然是軍統在廈門的負責人。原來張揚波已建議，吸收張錫鈞加入軍統，此次談話，猶如「新人面試」。三人邊吃邊廣泛交談，從新近成家，聊到臺灣的政經狀況，張錫鈞簡述之前與張揚波談的，臺灣人遭迫害的一些情形。張錫鈞談到醫院成天忙碌的情形，慶幸有太太協助，很多雜務可以不必自己親自處理。三個人聊了近兩個小時，張錫鈞幾次提醒，下午看診時間到了，徐啟東才放人。張錫鈞離開後，徐振東告訴張揚波：

「就目前的情境研判，張錫鈞還是專注在醫療工作比較適當。吸收進入組織的事，觀察一陣子再說吧。」指示張揚波，要張錫鈞繼續提供多方訊息。此一決定，排除張錫鈞是否加入軍統的壓力，不過，「提供情報」的指令，還是給了張錫鈞歷練的機會，有助於日後的大開大闔。

張錫祺涉案被捕

十九世紀中葉以降，中國一直是多事之秋，不意，張家兄弟來到大陸之後竟也幾次遭逢災難。當張錫鈞活躍於閩南時，一九三四年十一月，上海的張錫祺竟突然「失蹤」。

張錫祺回大陸行醫雖然不過短短四年，但醫術已經名揚上海、江南一帶，甚至中國內地。到光華求診的病患相當多，白內障的收費是一條金條，即便平民與各國軍人免費看診，但收入非常豐厚，一天的收入初估可以買一部平常型的福特轎車。收入高，但異於常人的是，張錫祺生活儉樸、嚴謹、刻板，不煙不酒，上下班搭三等電車。

張錫祺「奢侈」的享受之一是，假日與馬場母女一起到戲院觀賞歌劇或電影，或到上海近郊走走，歡觀賞野外風光。一家三口郊遊，蘇州河西段是好去處。那一帶的水流並未遭到工業汙染，不但水質乾淨，而且水岸多屬野溪樣貌，自然生長的林木、綠草，非常宜人，聖約翰大學的校園就建於河的兩岸。張錫祺一家多次到聖約翰大學去，也欣賞中國風的校園建築。鄰近有大夏大學，大夏大學是廈門大學教授、學生籌建的。大夏的校園有麗娃栗妲村，村裡有一灣引自蘇州河的小溪流，名麗娃栗妲河，河水清澈，每逢假日，時有學生在河裡划船、游泳。張錫祺一家人曾幾次下水划船，運動、取樂。郊遊時，馬場一大早就準備幾個飯糰，在青草地上午餐。馬場製作的飯糰，以米飯包裹些許煎熟鹹魚壓碎的魚脯，捏成飯糰時，手先浸泡鹽水，加上鹹魚，飯糰因此略帶鹹味，好入口。或是在日本受教育的影響，張錫祺夫婦對古老建築頗有興趣，曾到周莊，參觀老街，包括建於明初的張廳，建於乾隆年間的沈萬三故居等等中國民宅的經典。由於工作太忙，不可能有長假，郊遊得一天來回，因此最遠只到周莊。全家觀賞歌劇、看電影、郊遊，不但是張家難得的休閑消遣，也是張錫祺彌補對馬場的虧欠。這，不但是馬場難得的休憩，也聊解離鄉的愁緒。張家人郊遊，榮玉有空時，也一起去。

張錫祺平日忙著行醫、教學，每天醫院的收入非常可觀，但怪異的是，並不積累財富，賺的錢大多浥注到學校的開銷，與支應友朋的需求，像登門的政治人物，張錫祺幾乎是有求必應，甚至掩護他們住在光華醫院的病房以躲避危機。如此「奇特的」的作風，一些國民黨的「明眼人」早已對他另眼看待，進而認定，只有共產黨員才可能這麼做，早就想要「動」他，可是張錫祺的形象，在許多人的心目中如同聖人一般，因而國民黨的情治人員難免忌諱，不敢輕易出手。一九三四年中，上海特務機關的機會終於來了。

一九三四年六月，發生震撼全中國的破壞事件——南昌機場大火，同時燒毀十架轟炸機。檢視火警現場時，竟然發現信箋燒毀殘存的一小張紙片，紙片上有「光華眼科醫院」幾個字。龍華的上海淞滬警備司令部風聞此一訊息之後，知道機會來了，逕自咬定張錫祺涉嫌，但如何逮捕張錫祺？不可能進入法租界到光華眼科抓人，否則將引發國際糾紛；到東南醫學院抓院長，不無可能引發學潮，也非常棘手，遂決定來陰的。藉口邀請張錫祺到隊部出診，當人一進入司令部即羈押，與張錫祺同行的助手鄭安國也一起監禁，以免走漏風聲。

張錫祺涉及機場縱火、燒毀軍機案？但，對張錫祺稍有瞭解的人，包括病患，都可以幫張錫祺說出義正辭嚴、洋洋灑灑的理由予以辯解：

因為不恥被日本統治，才渡海來到上海行醫、濟世，長年來，貧民、軍人看診不收費，而且捐錢致力於醫學教育，如此聖人般的風範，怎麼可能唆使、參與縱火，燒毀自己國家的軍機，犯下罪無可赦的叛國行為？

縱火燒毀軍機的大帽子，即便是硬給戴上的，但，終究案情太嚴重了。已然陷入深淵險境之下，設若沒有盡快救援，張錫祺可能很快就被槍決。如何突圍？在黑牢裡困了兩天，張錫祺與鄭安國漸漸靜下心來，開始思索，自救的第一步：必須盡快將被關的消息傳出去，但，如何傳出去？如何告訴家人？忽地，鄭安國蹦出好點子，興奮地壓低聲音說著：

「一直待在牢房裡，形同等待被槍斃。

「離開牢房才有機會。

「裝病！裝病才可能暫時離開牢房，離開牢房，或許可以有意想不到的機會。」

於是，張錫祺攙扶著鄭安國，一拐一拐地找獄醫去。獄醫竟然出身東南醫學院，當時，上海除了東南醫學院只有震旦大學醫學校、同德醫學校等少數幾間培養醫生的學校，因此在警備司令部的診所遇到出身東南的學生，機率並不低。

鄭安國傾斜身子緊貼著張錫祺，一顛一簸地走進診療室。診間寬近四米，縱深約三米，中央橫擺一張寬不及一米的桌子，桌子一前一後放著一張靠背椅與一張圓凳子。面對門口的靠背椅坐著醫生，醫生抬起頭，身子略往後仰。進門那張凳子，空著等病人。醫生背後，靠牆有座分隔上下兩層的小木櫃，下層有木門封著。敞開的上層，中有隔板，零星地放著幾罐裝著藥粉的玻璃瓶，玻璃瓶中央貼白紙條，紙條四周圈著藍框框，框框裡書寫一行英文字。玻璃瓶旁邊放著一個稍大的鐵罐子，鐵罐子與櫃子側板之間立著幾張稍厚的紙張，應是病歷。一進診間，張錫祺以醫生的職業訓練，很快就看清楚診療室的佈置。

張錫祺一踏進門，獄醫就認出來人是張院長，學生很機靈地保持平靜。由於獄警在旁邊監視著，不便交談，只能夠透過肢體語言稍事傳達，而張錫祺對醫生行禮的動作了然於心。一進門時，醫生就一直觀察「病人」的神情，待病人坐下後，摸摸鄭安國額頭後，仔細地詢問、切脈，以聽診器聽聽心臟、胃部、腸胃的功能，確定鄭安國的身體狀況之後，內心很清楚兩人的意圖。醫生拿出櫃子裡幾罐玻璃瓶，包藥的同時，一邊口氣平淡地解說：

「由於忽然改變作息，心情難以調適，因此睡得不好，加上受了風寒，才生病。吃藥，休息兩三天就沒事。

「記得，一定要多喝開水。」最後一句好像說給獄警聽的。

當晚，醫生趁著外出散步的機會，待夜色深沉，快速繞道石庫門，到光華醫院去，當面向師母報告院長的狀況。家人獲悉消息後，瞭解已然是生死交關之際，但張夫人為了避免連累醫生，何況，太急躁很可能壞事，因此，並沒有立即公開行動。開始公開動作之前，馬場先行佈局，指示張榮玉拍幾張電報到泉州、廈門的光華醫院詢問：張錫祺有沒有到閩南去？電報的內容看似平淡無奇，但張夫人認為，反應機敏的張錫鈞一定可以讀出內中實情，會有適當的回應。發出電報之後，再忍一天，馬場才帶著女兒秀蓮一起到警備司令部探問消息。司令部高層早就知道張太太的出身背景，人既然上門，不便阻擾，只有順勢讓三人會面。夫妻兩人刻意以日語交談，張錫祺告訴太太：

「鄭安國和他在一起，請鄭家人放心。

「因環境與心情的關係，鄭安國感染風寒，已看過醫生，也吃了藥，休息幾天應該就沒事。」張錫祺話鋒一轉，要太太告訴江寧靜：

「最近早晚溫差比較大，連身體強壯的鄭安國都生病了，平日身體狀況不太好的江君，請轉告他，沒事不要外出，以免罹病傳染給病患。」馬場瞭解，張錫祺暫時沒事。

張榮玉與張錫鈞幾次密集電報往來之後，張錫鈞已釐清案情，也知道情況緊急，尤其嚴重性，被指涉嫌機場縱火，燒毀軍機，如此「殺頭罪」，必須盡快找到有非常影響力的上層官員「壓下」，否則，可能很快就被槍決。於是立即展開「遠距救援」工作，其中，最快速可行的是當然是時在南京的胞兄張邦傑，要張邦傑趕快就近找國民黨高層。此時，適有來自臺灣的李安居，剛從巴黎學成來到大陸，因為懷抱抗日之志，無意回臺灣，選擇在上海任教。來上海後，李安居已經和張錫祺見過面，而且深談過幾次。李安居知道張錫祺被捕後即刻動用個人人脈，包括為張邦傑介紹，都是留學法國，出生浙江奉化，曾經擔任蔣介石貼身幕僚的軍統高層毛慶祥。張邦傑面見毛慶祥，請毛慶祥透過情治單位的管道向上海警備司令部澄清。其實，機場遭縱火，軍機焚毀，如此嚴重的軍國大事，軍統怎麼可能不立即主動澈查？然則，毛慶祥應該早已通盤掌握案情，當然知道張錫祺是否涉案，是否被冤枉。毛慶祥淡淡地笑一笑，簡單回了一句：

「老弟，請放心。」

從中央多方找有力人士救援之外，閩南方面，以張錫鈞多年來參與華僑工作、社會運動所累積的經驗，深諳「群眾」對於政治運作是有一定的影響力，尤其兩者相互角力時的微妙關係。於是找合作多年，交情深厚的臺北華僑總會負責人林梧桐，麻煩他廣泛動員臺灣華僑，每人填寫三份，俱名聯署。聯署書一份呈軍事委員會委員長，一份呈行政院院長，另一份呈國民政府僑務委員會。

雖然沒有直接證據，即便明顯是押人取供，而且多次施以酷刑，意圖逼供，但張錫祺拒絕承認。牢房外有多方力量交相營救，尤其司令部輾轉獲悉毛慶祥的意思之後，豈敢造次，不再對張錫祺用刑，也逃過死劫，從此，在牢裡給張錫祺不少方便。縱然「禮遇」，但，不能不考量官方的「尊嚴」，人既然押了，警備司令部少說要關押幾個月才放人，多少保留點顏面。

警備司令部官員對張錫祺的態度與作為全然改變之後，張錫祺和鄭安國在牢房裡除了聊天，成天沒事幹，遂請家人陸續送來不少書，在牢房裡靜心閱讀。除了讀書，張錫祺靠著牆，閉眼休息時，回想這幾年做了些甚麼？日本學成，回臺灣，來大陸行醫、教學，還得處理一些國事、人事問題，一直忙碌非常，幾乎沒有休息時間、反省。這回，無妄遭到牢獄之災，難道是人事問題惹的禍？不過，卻因禍得福，老天給的大好機會，不但有時間充分休息，還可以好好省思：為中國培養醫生，到底努力得夠不夠？出去以後，為這苦難的國家與人民，還可以再做些甚麼？

政治陰影罩閩南

張錫祺重獲自由，不改關心國事的習性。不久之後，應邀到廈門參加慶祝活動，在會場大膽放言，為鄉親爭取權益。

閩變之後，一九三四年撤銷廈門市，一年之後，一九三五年恢復設置廈門市。慶祝恢復廈門市名而舉辦系列活動，開幕儀式，甫上任廈門市長的王固磐與國民黨廈門市黨部主委陳聯芬都親自到場。張錫祺、張錫鈞因醫術高超，聲名遠揚，加上是閩南同鄉，因此邀請兄弟倆參與具有歷史意義的盛會。張錫祺早已聽張錫鈞幾次提到廈門如何不堪的案例，為了更具體的瞭解狀況，特地提前一天搭船到廈門，住在光華眼科，聽張錫鈞詳細簡報近年來廈門臺灣華僑的處境。

禮遇專程遠地而來的江南名醫，大會請張錫祺醫師先行致辭。才不過幾個月前，張錫祺被懷疑是共產黨員，縱然躲過生死劫難，還是被關押數月，才重獲自由。重獲自由後，不改本色，遇有重大的違逆事件，還是勇於挺身而出，何況市長、黨部主委都在座的大好時機，豈能不無畏地直率陳述臺僑被索賄的苦楚：

「臺僑辦理手續時，有政府部門的官員刻意刁難，意圖謀取不法利益。」張錫祺還具體舉出多項張錫鈞交給他的實例以印證。

大家高高興興的慶祝會場，竟然有嚴厲指摘官員不法行徑的唐突發言，而且冷靜、具體地披露真相的傷害，遠遠大於潑婦罵街式的囂張。喜慶的場合，竟如此發言，出身德國柏林警察學校的王固磐市長怎坐得住？張錫祺話一說完，王市長即起身，厲聲斥責張錫祺造謠，甚至恐嚇張錫祺：

「而後再有造謠情事，一定嚴辦。」

市長的斥責聲雖一時凝滯了會場的氣息，但張錫鈞無懼地昂然起身，接續張錫祺的話題，拉開嗓子，回說：

「請問市長大人，可以保證您的手下都是清白的嗎？

「萬一部下幹了不法勾當，身為長官，是不是要受連坐處分？」

尖銳的發言，相互交鋒之後，聯歡會不歡而散。會後，張錫祺即搭船回上海，廈門的官員們奈何不了他，但張錫鈞可是在地的醫生，多位與會的臺僑擔憂張錫鈞可能遭到報復，認為對方很可能來陰的，提醒妥為因應，張錫鈞也有同感。於是，立即電告臺灣中華總會館的林梧桐，請林梧桐以總會館的名義，向國民政府外交部與僑委會報告廈門臺僑的遭遇。張錫鈞也以臺灣中華會館駐廈門辦事處，廈門歸國華僑協會，兩個社團的名義，同時向外交部、僑委會正式發文，詳細舉例，述說廈門的臺僑長期遭到祖國政府官員百般侵擾的情事。之後兩、三個月，並沒有官員來找麻煩，看似事情已趨於平靜，不意，有天，留學日本回廈門行醫的醫學博士黃丙丁邀張錫鈞，看診之後到街上共進晚餐。雖然不知是何緣由，但同行前輩的盛情，張錫鈞當然依約前往。

在飯館雅間，趁著上菜的空檔，黃丙丁低聲問說：

「請問張醫師，是否行文中央，數說市長的不是？」

張錫鈞略顯不悅地否認。既然張錫鈞否認，黃丙丁遂詳細說明公文的內文，以及如何用印。原來中央已將公文轉給廈門市政府，要求答辯，黃丙丁也已看過公文。黃丙丁挑明說：

「您我不但是閩南同鄉，更是同行。請張先生斟酌斟酌小弟善意的建議，與市政府官員之間容或有再大的誤會，但是只要大家將問題攤開，好好解釋清楚不就結了！張醫師回大陸行醫，主要目的是報效國家。目前國家的處境，您我心裡都明白，東北出事之後，廈門的情勢很明顯已日趨險惡。國事如此不堪，大家更要好好相處。此時，我們中國人，不能不團結起來，支持政府，一致對外。」

黃丙丁分析得很委婉，而且點出當下中國，強寇壓境，廈門也不可能避開風險。不愧留日醫學博士，說得有口有才。黃丙丁話中有話，張錫鈞是明白人。老前輩的姿態如此之低，分析得如此懇切，張錫鈞的火氣也漸漸消去，而看診之後緊繃的心緒也同時放鬆。黃丙丁多少懂得中醫「望聞問切」這些診斷的基本原則，談話時，明白看出張錫鈞內心的變化，於是，直接點出重點：

「請容許小弟建議，委屈張醫師將狀子撤回。終究是誤會一場，瞭解原委之後，大家都能夠釋懷，何不繼續好好相處？大家好好做朋友，維持友善的關係更方便您以後的僑務工作，何樂不為？」

「前輩教訓的是！前輩教訓的是！」

「張醫師言重了。」

「之前，官員欺壓臺僑的事，不再提起，而後，大家圓滿就好，圓滿就好。」

兩人談話時，張錫鈞頗意外的是，王固磐市長與國民黨市黨部陳聯芬主委竟然走了進來。一看長官走進雅間，黃丙丁即起身向兩位報告，張錫鈞也跟著站起來，王固磐趕緊對兩人說：

「請坐！請坐！」

黃丙丁說：

「市政府與張醫師之間的誤會，已解釋清楚，狀子的事，也請長官放心。」王市長笑臉盈盈地回說：

「爾後臺僑的案子不但依規定辦理，而且以親切、快速為原則，如有藉機刁難，或其他不法情事，只要張先生反映，立即嚴格查辦，絕不寬貸。」

話一說完，市長與主委親切地與張錫鈞熱絡地握手，黃丙丁笑臉盈盈地說：

「都是自家人，坐下來，沒有不能談，不能解決的事，何況只不過是一場誤會。」

臺灣華僑的糾紛平息之後不久，一九三五年，接任廈門市長的同一年，王固磐就回歸他的老本行，高升南京市警察總監。

雖然與市長言和，但廈門各方勢力交錯，關係複雜，張錫鈞涉入廈門的僑務工作太深，多年來招惹許多人，樹敵不少。王固磐調升之後，竟然被誣指為共產黨員而且遭到逮捕。幸好張邦傑適在泉州，與顏興研擬抗日工作的策略，及時出面解圍。

張邦傑為了佈署抗日組織，留在閩南多年。早年，張邦傑在臺灣時曾組織臺灣反日同盟，從事祕密抗日工作，由於事跡暴露，於一九二八年舉家避走大陸後，一直追隨國民黨，擔任軍統局設計委員與僑務委員會參議，黨政人脈寬廣。獲悉自家兄弟有難，張邦傑立即趕到廈門，找人保出來。

張錫鈞出獄不久，有位長得挺拔偉岸，年約三十的年輕人到光華求醫，掛號處登記的姓名是劉謀。由於眼睛受傷嚴重，必須住院治療，幾天之後，換藥時，劉謀建議醫生：

「郊外春光明媚，何不踏青，順便打鳥去，散散心。」

張錫鈞欣然同意，難得有此機緣，到野外走走，除了去去生死劫難的霉氣，更開敞心緒。一走出醫院門口，意外的是，有輛吉普車等著。上車後，張錫鈞更驚訝的是，竟然有兩把長槍擱在駕駛座旁邊。劉謀與張錫鈞在路上並不交談，而司機熟悉路況，車子快速經過南普陀山後，停在五老峰山下。

下車後，劉諶逕自拿把槍，扛在肩上，劉諶示意，張錫鈞也扛把槍。五老峰海拔不到兩百米，兩人很快就走到山巔處。眼前但見山陵環抱，林木一片野趣，真是「毓秀鍾龍象」詩意。身處詩情畫意的景象中，劉諶隨意放了幾槍。劉諶知道張錫鈞是平生第一次射擊，因此，先講解持槍的要領：

「槍托一定要緊緊頂住鎖骨下方，否則射擊時的後座力，槍托會撞擊到胸部，非常痛，甚至撞斷鎖骨，這是射擊的基本常識，要確實做到。」

劉諶幫張錫鈞調整射擊姿勢，盯著張錫鈞扣了幾次板機之後，劉諶說：

「眼疾未痊癒，不好再射擊。」兩人遂放下槍支。

「上山打獵只是邀請張先生出門走走，感謝醫生用心診治的藉口罷了。

「在如此名勝，置身如此美景中打獵，直似焚琴煮鶴行徑。」張錫鈞回說：

「劉先生人文素養深厚，真是有心人。」

於是，兩人各自選一塊大岩石，相對而坐。劉諶告訴張錫鈞，他本名劉戡，黃埔軍校第一期畢業，現任中央軍第三十八師師長：

「張先生的醫術名滿福建，很抱歉，早先不瞭解張先生的政治立場，加上不久之前先生才被警方找麻煩，擔心是否因此遷怒，拒絕幫中央軍的師長看病？甚至因此刻意傷害另一隻眼睛？才不得不化名求醫。軍人是拿刀拿槍的，戡、諶兩字，偏旁不同，一個動刀，一個動口，音義絕然不同，請多多包涵！」

劉戡話一說完，兩人哈！哈！哈！相視大笑幾聲。

「請將軍放心，在醫院裡，只有醫病關係，沒有政治立場。」

「將軍指揮作戰時受傷的眼睛，傷勢拖延太久了，很遺憾，恐怕難以復原，請將軍要有心理準備。」

張錫鈞坦率地告知病況，劉戡只是笑笑，默然不語。張錫鈞還告訴劉戡：

「遠從家鄉臺灣回到祖國行醫，最終目的在光我中華，請劉將軍信任小弟對於國家的忠誠，以及收復臺灣的信念。」張錫鈞說得豪氣洋洋。

兩人不但年齡相近，談得投機，也明白各自的立場，遂成為好友。因為此一因緣，後來張錫鈞得能請劉戡出手救張邦傑。原來閩變發生時，張邦傑曾經協助十九路軍的友人，仇人以此理由，舉發，逮捕他。張錫鈞即時找劉戡出面，化解幾乎被槍殺的危機。

張錫鈞活躍於廈門，慷慨好客，頗有領袖魅力，當然也富磁吸效應，很多臺灣華僑有事就來光華眼科找張錫鈞，也有借住樓上客房的。當時，不少臺灣新生代由於不願意委身為日本順民而來到大陸，或就學，或尋找工作的機會，像臺灣民眾黨主要發起人之一謝春木，曾留學日本東京高等師範學校，是日據時臺灣著名文學家，寫小說也寫詩。作品內容，主要反映日本統治下對臺灣人如何巧取豪奪，乃至被侵凌者反抗異族的聲音。懷抱如此反抗意識的作者，當舞臺轉換，投入政治活動時，其實際作為可想而知。

謝春木曾經擔任民眾黨中央常務委員，中央常務委員會主幹，以及政務部主任，也是黨員大會的主講人。謝春木與蔣渭水曾經以左翼思想主導民眾黨，兩人成為當時臺灣抗日運動的風標。由於謝春木與蔣渭水主導下的臺灣民眾黨公開標舉左傾立場，不見容於日本殖民政府，一九三一年，民眾黨遭到取締，謝春木瞭解自己處境危險，遂渡海到上海，易名為謝南光，曾經由張錫祺掩護，一度長期住在光華醫院的病房。

一九三六年夏天，謝南光專程從上海來廈門探望張錫鈞，一上碼頭就被守候的便衣以共產黨員的理由抓走，張錫鈞花錢保出來之後，要謝南光在醫院樓上好好休息幾天。不意，隔日外出時，竟然被日本領事館人員抓到鼓浪嶼，因政治問題被捕，尤其被指共產黨員，一送回臺灣，可能的遭遇不難預料。此時張錫鈞的大哥張錫奎剛到廈門接洽生意，張錫鈞於是找大哥救人。張錫奎一直追隨國民政府，因為多年來持續來往臺灣、大陸、香港幾個地方從事貿易，與日本商社的一些負責人長期保持友善關係，遂找在日本銀行工作的友人保出謝南光。張錫鈞到鼓浪嶼接人時，謝南光竟步履蹣跚，原來已被日人施以酷刑。

謝南光在光華眼醫院靜養時，思考如何完成光復臺灣的志業，乃決定成立政黨。原來張錫鈞早有此意，遂與謝南光共同發起，在光華二樓客廳集會，商討籌組事宜，成立政黨的目標是臺灣早日回歸祖國。政黨命名為「臺灣革命黨」，創黨黨員，除了謝南光、張錫鈞，還有：莊文山、蘇銀化、鄭志信、李長年、劉添丁、黃志光、謝德南、吳海天，以及陳建平等。其中，李長年曾短暫回臺灣，後來「應召」到上海從事情報工作。陳建平畢業於京都大學法律系，因為心存抗日意識，畢業後就到大陸，曾經在王芃生主持的情報關，國民政府國際問題研究所擔任研究專員，也是張錫鈞在上海佈署情報網的成員，由於有卓越貢獻，獲頒陸海空軍一級獎章，臺灣光復後返回臺灣，陳建平與後人曾得意臺灣政壇。就這幾位的出身背景或可瞭解，臺灣革命黨成員實多不凡之士。

成立大會時，由曾經叱吒臺灣政壇的老手謝南光主導議程。大會推舉謝南光、張錫鈞、莊文山三人為常委。黨部的範圍以福州為界，分成南北兩支部，南支部由張錫鈞負責，北支部謝南光。顏興也是黨員，這些黨員後來分散各地，有到上海擔任通譯，順勢加入張錫鈞情報網的，有回臺灣工作的，在各自的崗位上充分發揮抗日功能。

成立政黨的意氣風發，這期間，張錫鈞有幸與弘一大師結緣。緣起弘一大師到惠安弘法期間，罹患嚴重濕疹，手足腫脹，發大熱，甚至神智不清，病情危急，待稍恢復後即返回廈門，請黃丙丁醫治，黃丙丁施以電療、注射等療法。弘一法師曾去信念西、豐德兩位律師，以及夏丏尊、劉質平等人，告訴他們病情的嚴重狀況，診治、醫藥費用需要很多錢。但治癒之後，黃丙丁幾次婉謝收費，法師以預請支付的醫藥費，製作《大藏經》木箱數個，箱外鐫刻黃博士施助，並書寫心經及多件書法作品致贈黃丙丁，以回報因緣。此一醫病機緣，弘一大師透過黃醫師介紹，找張錫鈞配老花眼鏡。未等黃丙丁通告，大師已逕自出現在光華眼科。弘一大師光臨，令老於事故的張錫鈞震撼不已。配眼鏡，驗光之前，先檢查眼睛，張錫鈞告訴大師：

「已有白內障，不過，還不需要開刀。請大師閱讀時注意房間的亮度。長時間閱讀，中途一定要停下來休息幾分鐘。」張錫鈞建議大師，如何保養眼睛：

「早、晚兩次的眼球運動，眼球上下左右移動，順時針逆時針轉動，各二三十下。每天持續做，對眼睛的保護，應該有幫助。

「眼鏡配好之後，大師到黃丙丁醫院回診時，專人奉上。」

檢查眼睛、配眼鏡，張錫鈞當然歡喜佈施。至於鏡框的材質，玳瑁、金邊都不適合，張錫鈞幫大師選了一副銀質鏡框。

大師離開光華眼科時，對張錫鈞雙手合十，低頌一聲：「阿彌陀佛」，帶著滿臉謙卑的微笑，瞇著眼對張錫鈞若有所指地輕聲說：

「我佛慈悲！減少殺戮，張醫師真是功德無量。」

張錫鈞也合十，鞠躬回禮。

轉身離開之前，大師突然說了一句：

「以後，萬一遇到重大事故，請記得，想想明惠帝。」

大師的禪心慧語「想想明惠帝」，凡夫張錫鈞不明就裡，只有謹記在心。張錫鈞再次深深鞠躬回禮，恭送大師。

與弘一大師見面，應是宿緣，不久之後，張錫鈞就遠走上海，開啟一場重擊侵略者的情報戰。弘一大師在一九三〇年代長住閩南，無懼敵寇礮火煙硝，抱持不惜殉教的決心，拒絕離開，一直到一九四二年秋天，圓寂於泉州。

一九三七年，七七事變前夕，福建已經戰雲密佈。鼓浪嶼日本領事館武官八田，計畫策動廈門、泉州等多個城市的臺灣流氓，配合日軍行動，意圖占領整個福建沿海地區，營造成為第二個東北。八田的預謀仍在醞釀階段，領事館的臺灣籍通譯獲悉消息，利用放假，上街遛達時，變裝之後，快速進入光華後就直接到診間門口，張錫鈞一看，看診告一段落後，兩人即上二樓去。

由於王固磐市長已高升到南京，張錫鈞找陳聯芬、張揚波，告知此事。陳聯芬了然廈門的戰略意義，對於日本覬覦福建，尤其針對廈門可能很快出手並不意外，遂迅速動作，壓制這幫無恥的流氓，消弭亂源，進而挫折日本當下占領福建的企圖。粉碎日本軍人的野心，不意，張錫鈞自己卻因此麻煩上身。

投身烽火上海灘

張錫鈞的人脈、情報、判斷、膽識、反應，乃至於長期顯現的亮眼表現，在在受到國民黨高層的肯定，目下，福建的情勢極其險惡，而廈門國際商港的戰略地位也因此益顯重要。配合現況的需求，國民黨中央決定在廈門黨部的指導之下，成立國民黨臺灣黨部，中央同時指示，第一任主委由張錫鈞出任。不久前才因為被誣指為共產黨員遭到逮捕，此時，角色竟然轉換，被指定出任國民黨臺灣黨部主委。不過是短短一年，人生際遇，角色的扮演，竟呈現如此戲劇性的轉換，而且落差之大，變化之快，令身處兩極之間，張錫鈞的角色、步調，該當如何跟著「更替」？一時之間，實難以適從。

張錫鈞實際參與政治，成立臺灣革命黨，終極目標無非是：光復臺灣。但無意涉入其他政治活動，奈何，近來豈只國民黨中央看上他，軍統廈門負責人徐啟東也已找過張錫鈞，有意要他加入軍統。軍統既然表態，找上門，膽敢拒絕者，很可能被暗殺，如此進程與結果，張錫鈞非常清楚。不過，不久之後到上海，時當七七事變，中國宣布全面抗戰，他的人生也將快速改變。縱然預設，但，事實攤在眼前時，還是難免震撼。當前情勢的演變已超乎張錫鈞的經驗所能夠釐析，此時與兄長書信往返，不但花時間，而且信件傳遞的過程一定被檢查，不無可能因通信而壞事，甚至危及身家安全，甚至波及張錫祺。此時廈門竟然沒有適當的友人可以討論，情急之下，念頭一起，立即搭船趕往上海，找張錫祺，以及投靠張錫祺的謝南光。

在上海光華眼科三樓密室，等張錫祺傍晚從學校回來後，三人邊用餐邊討論。說是三人討論，其實，幾乎是謝南光一個人發言。老於政治的謝南光，詳細縷析目下的政治、軍事情勢，以及如此景況下，條理出張錫鈞未來的幾種可能，以及因應之道，最後，提供明確的建議。理路明晰，推演綿密。

談話時，謝南光翹起腿，一手扶著膝蓋，另一隻手隨講話的語氣晃動著。謝南光先感謝張錫鈞在廈門救命之恩，接著指出：

「必須先確定的是，當下的局勢已經很清楚，中國全面抗戰，光復臺灣的日子不遠。配合此一勢頭，臺灣本土的抗日地下工作，建議開始預作佈署。安排幾位能力好，可靠的青年華僑回臺灣去，投入教育、組織民眾等紮根工作，妥善因應日本敗仗之後臺灣全島可能的變動。」

接著，謝南光壓著座椅的扶手稍稍挺直身子，正色告訴張錫鈞：

「老弟多年來在廈門為了爭取臺灣華僑的權益，一再挺身而出，不惜對上廈門當地官員、日本特務。隨著中日全面開戰，老弟自己清楚得很，已經身處險境之中。可以預期的是，日本特務遲早會找上門，一旦找上門，請問，誰救得了？留在廈門只有死路一條，當下，還談啥國民黨黨務工作？

「既已涉入政治，此身已經擺脫不了！

「廈門已非老弟容身之處，且聽老哥建議，趕—快—離—開。」說到「趕快離開」，謝南光刻意一個字一個字分開、拉長，而且每說一字手指頭就點一下，以加強語氣。接著說：

「至於回臺灣，除非日本已經戰敗、投降。目下，千萬不要考慮。

「此時回臺灣，一上船就被羈押；回到臺灣，憑白送死罷了！

「回臺灣這條路，走不走得通，老弟自己應該很清楚。」

謝南光輕拍打一下膝蓋，接著說：

「另一個問題，如何安全離開廈門？這，有請張院長安排妥當，一定要祕密進行。

「萬一走不了，可能招惹很多麻煩，甚至人身安全都有問題。

「一定要慎重安排，反正盡早到上海來就是，不宜蹉跎！」

當年，謝南光曾經主導臺灣民眾黨黨務，以及整個黨的走向，引領政壇風騷，在臺灣幾個城市巡迴公開演講時，每每以煽動的辭鋒，快速炒熱會場氣氛。而今，謝南光縱觀全局，對張家兄弟解析大陸情勢可能的變化，乃至因應之道。斗室裡低聲論述，說得條理分明，一氣呵成。

謝南光進一步說明到上海的理由：

「老弟在廈門的所作所為，以日本軍方高傲、自大的心態來判斷，短時間應不至於傳到上海。」

謝南光舉起手，聲量稍放大：

「講得白一點，以日本軍方的習氣，你我都清楚，其倨傲的心理，根本瞧不起中國人。逮捕、宰殺就完事，一個小醫生還怎麼興風作浪？

「可以確定的是，上海的日本軍部不可能知道老弟在廈門到底幹了哪些好事。他們更不可能想像，南方來的一個生面孔，其實已經參與過多次政治鬥爭，身懷多種上乘功夫。如此主、客觀條件，最是方便老弟在上海伸展筋骨，好生開拓新天地，締造新事業。」

「老弟心裡了然，一旦中國與日本全面開戰，比起廈門，上海處境可能更危險。」

「外在環境已經如此不堪，尤其大戰前夕，因何還建議老弟到最危險的上海來？」

「這，不能不贅言幾句：上海是長江吞吐口，中國第一大港。一旦全面開戰，上海將是日寇的第一個目標，勢必儘速拿下上海。拿下上海如同鎖住中國咽喉，艦隊即可順利開進長江，攻占南京，逼國民政府投降。

「上海形勢險惡可以預見，廈門雖然也是國際港，但地位遠不及上海。加上偏處東南，相對之下，廈門確實比上海安全，不過，廈門對老弟個人而言，剛才已經提及，險惡非常。此因老弟聲名顯揚，廈門的中國、日本特務誰人不知有位臺灣來的張醫師？倒是上海，不但不認識老弟，加上有租界掩護，不難找安全的地方，可以好好發揮，甚至成就一番功業。有租界掩護，日本特務奈何不了，對於老弟而言，上海反而比較安全。」

且聽歌謠傳唱鷺島：

「悠悠思明，

仁醫俠客張錫鈞。

浩浩鷺江，

廈門誰人不識君。」

謝南光挺直身子，一手撫著膝蓋，一手放在腳踝，緩慢聲調說：

「大家患難之交，老哥哥大膽結論：盡快到上海來。」

謝南光意有所指地說：

「中日爆發全面戰爭，老弟精通日語，可以和日本人直接溝通，此時來上海，最是發揮長才的好時機，好場域。

「一直在政治圈子打滾多年所積累的經驗與判斷，老哥哥不會看錯，上海是全中國最適合老弟的地方。一則安全，再則可以充分使力。我們三人都很清楚，老弟絕不想平白挫折志業，甚至埋沒自己。

「與其在廈門坐等殺身之禍臨頭，不如到上海來，與敵人好好決一死戰。

「還有一個要件，老弟在臺灣收發電報，所接受的訓練，功夫紮實。在廈門從事政治鬥爭的智力與勇氣，是少見的奇才。更難能可貴的是，持續涉獵情報工作。如此條件，加上經歷，請問，當下，幾人能夠？老弟切莫『暴殄天物』，應該好好運用，伺機重擊敵人。

「且讓我們攜手，在上海有力地擊敗敵寇。

「相信老弟一定不會辜負老哥哥的期待！」

謝南光洋洋灑灑，舒緩有致，意氣昂揚地就諸多面向逐一分析，並給予中肯的建議。看似平鋪直敘，其實言之有物，難得的是無論詞鋒或內容都充滿說服力，兩兄弟只有眼睛直視演說者，抿著嘴唇仔細聽著，默默地一再點頭。

「趕快到上海來，上海一片海闊天空。上海，敞開襟懷，等著迎接老弟。」謝南光強調。

三人當場決定：張錫鈞立即返回廈門，安排醫院移交的工作，舉家盡早北上。至於廈門的診所，由張錫祺負責通知顏興，盡快接手。

既然決定北上，但，終究已經習慣廈門的生活環境，忽地，搬遷到上海，怎麼告知，說服太太？看診時，張錫鈞心思一直纏結著。

看診之後，都已經傍晚了，張錫鈞要太太一起外出。結婚之後，張錫鈞成天忙著看診，看診之後的時間大多放在處理臺灣華僑相關的外務，夫妻幾乎沒有休閒的餘裕，忽地要一起外出？張太太直覺，莫非與上海行有關？兩人難得一前一後走在街上，一路上，張錫鈞忙著和多位熟識的路人打招呼，太太也跟著微笑點頭致意。兩人一起走到篔簹湖，當年定情的地方，再一次靜靜坐在湖畔。張錫鈞時而轉頭看著太太，時而兩眼凝視遠方，自顧自地說著：

「好久沒來了，景色已經改變不少。」

「是啊！好久沒出來走走。岸邊竟然多了不少美豔的鳳凰花。」

「七、八月間，臺灣南部，尤其臺南，鳳凰花依然盛開著。有一回，五月中旬，陪姊夫到臺南拜訪親戚，順便四處走走。臺南，一條一條火紅的街道，映著雨後天青，一路踩著落紅。竟然有一個城市，豔紅染遍天、地，情境如此動人。期待不久之後，我們可以回臺灣，一起到臺南好好觀賞漫天火紅的美景。

「四年前結婚時，難得一起到上海。榮玉邀請老秀才導覽名園，在黃浦灘觀賞精美建築，在街上，蹓躂了兩天。上海的環境、發展空間，整體而言，比廈門好很多。

「二哥在上海不但忙著看診，還忙著醫學院的教學、研究與行政工作，校務越來越繁重，希望我到上海幫忙。看診，將逐漸交給我負責，讓他可以有更多時間與心思放在學校。

「廈門的醫院，二哥已經通知姊夫來接。泉州，姊夫自有妥善安排。

「必須盡快到上海，事先沒有商量，好像很突然，其實，中國全面對日抗戰之後，我在廈門的處境已相當危險。包括國民黨黨部、軍統、日本方面，都會找上我。怕妳擔心，所以事先不敢透露。

「幾天前專程到上海，就是與二哥討論這件事。二哥已傳來消息，一定要盡快離開，不能拖延。

「就帶著比較貴重的東西，以及隨身衣物過去就好，其他，二嫂都已安排妥當。

「在上海時，你與二嫂曾相處好幾天，不但相互瞭解，彼此之間應該已經有相當感情。二嫂很賢慧也很和善，她已答應幫忙照顧小孩。

「廈門交給姊夫，他很快就到廈門來，因此有些東西無妨放著，麻煩姊夫寄送到上海。」

張錫鈞兩眼直視湖面，自顧自不停地說著，晚霞竟已逐漸轉為暗紅，離開筼簹湖時天色逐漸昏暗。一路上，太太靜默不語地緊跟著張錫鈞，一直到進家門之前終於回了一句：

「就盡快走吧！」

很快的，廈門國民黨黨部與軍統，甚至鼓浪嶼的日本領事館都知道張錫鈞已決定搬到上海去。此時，由於中、日已正式宣戰，相對於廈門，稍有見識的都可以預見，上海即將陷入戰火之中。張錫鈞此時到上海，無異是將自己投入漫天煙硝之中。三方人士都難以理解，類似張錫鈞瘋狂，自尋死路的抉擇，此時攔阻，甚至逮捕，已經毫無意義，就隨他去吧。

八月六日，張錫鈞搭乘荷蘭籍輪船芝巴德號前往上海，除了簡單的行李，只隨身帶著張瑞圖的扇面。張錫鈞將經營八年，業已佈建妥適的醫院交給在泉州行醫的顏興，泉州則交給顏興的二妹婿郭漢海。由於張錫祺傳承的榜樣，顏興到大陸行醫時，建議妹婿郭漢海一起到泉州，充當助手，同時學習眼科醫術。除了郭漢海，還同時指導兩位泉州在地的鄉親，三人都取得醫師執照，早已做好傳承的準備。顏興到廈門，泉州交給郭漢海三人。二次大戰爆發後，郭漢海被徵召入伍，泉州的醫院因此有人接手。郭漢海出身東京府立六中，臺灣人中難得如此顯赫的學歷因而獲青睞，被選派到上海，擔任日本第十軍翻譯官。

張錫鈞曾經在海上討生活多年，搭船到上海，心緒卻隨浪湧起伏，難以平和。即將投入風口浪尖的場域，一路上，張錫鈞未曾入眠。「黃河落天走東海」，航行東海，張錫鈞獨立船首，手扶欄杆，翹首雲天，前程茫茫，往事歷歷：

在電臺工作時，幾次研讀多本陽明學相關著作，瞭解王陽明允文允武的顯赫事跡，一生平定多次動亂，其中，平定宸濠之亂更是他留名史冊的偉大事功。王陽明是宋明理學集大成者，王陽明學說的樞紐在「良知」說，主張意志的純化即致知的工夫，同時建立了宋明理學心性論的最高主體性。

不少王陽明《傳習錄》的佳句，仍偶而默念著：「去人欲，存天理」、「天理在人心」、「天理即是良知」、「自格物致知至平天下，只是一個明明德……明德是此人之德，即是仁。仁者以天地萬物為一體，使有一物失所，便是吾仁有未盡處。」這些佳句，不但是人生的格言，更是處事的準則。

陽明學傳到日本之後，包括武士道，以及不少政治人物、軍人，他們在思想上、行為上都深受影響；陽明學更是推動明治維新，思想上有力的支柱。然而，「使有一物失所，便是吾仁有未盡處」的陽明學，卻被日本人扭曲，不但成為遂行其侵略他國的立論基石，尤其回向陽明學的母國——中國時，竟然是殘酷的殺戮與無盡的掠奪。講究仁心、寬容、愛心的武士道，在中國的實際呈現卻是血流成河，不知置「仁」於若何田地？何謂堅持公正的規範？武士道，難道只是忠於自己的群體罷了？

王陽明的結論：「明明德，體也；親民，用也；而止至善，其要矣。」難道侵略與殺戮就是日本人的「至善」？陽明學可以這麼「用」？可以這麼曲解？殘酷的殺戮與強暴侵的略者——日本，奢言「止於至善」！

權威與忠誠，強權與積弱，殘暴與榮譽；個人之與國家，角色的扮演，如何釐析？

一八九四年，中日甲午戰爭，日軍在旅順屠殺約兩萬無辜的中國平民，生還者僅約八百人。一八九五年日軍侵臺戰役，從北到南，以及之後的太魯閣事件、西來庵事件、霧社事件等等，一次又一次的清莊，一次又一次的全面屠殺，總計日據期間，可能有三、四十萬，甚至更多臺灣人慘遭殺害。難道這就是崇尚陽明思想的武士道該當有的作為？

一個人的尊嚴，一個國家的榮譽，是以其他人，其他國家的痛苦與死亡作為代價換來的？「滅人欲存天理」，乃至日本明治維新三傑之一西鄉隆盛的名言：「敬天愛人」，就是以陽明思想為基礎的倫理與價值，然而，當轉換，力行「仁」的實踐時，對於中國因何如此分歧？如此扭曲？如此錯亂？

陽明學的真諦，到底是甚麼？

張錫鈞的思緒纏繞著。

「漾舟雪浪映花顏，徐福攜將竟不還。」

國運豈已命定？

二哥在上海如果只是單純行醫、教學？因何被龍華警備司令部逮捕？

既然到上海，當然不可能單純行醫。這，該當如何告訴太太？怎麼告訴太太？

此身既然命定要投入壯闊的時代洪流，在洪流中流蕩、竟而匯集來自各方，背景迥殊的因子。前程，實屬難以預料的雜沓與茫然。

海天滄滄，如何推移？國事蜩沸，可能扭轉？

時潮之於有心人，可能操控、可能扭轉？情勢可能改變？

獨立於即將烽火漫天的場域，一個人可能改變甚麼？

面對殘暴的侵略者，正面迎擊才是王道？

張錫鈞凝視著一波接續一波的浪潮，洶湧的浪潮可能平息於幾時？難以釐析的疑雲，一波又一波地湧現，竟一路牽絆到上海。

海風吹拂了一路清晰！一下碼頭，迥異於閩南，上海冷冽的氛圍，已然清明了張錫鈞的靈臺。

張錫鈞來上海之後的情報工作，時常與中國共產黨員相互支援，乃簡要交待中共歷史。一九二〇年八月，中國共產黨創立於上海。一九三四年十月撤出江西，開始兩萬五千里長征。一九三五年一月遵義會議，確認毛澤東的領導地位，並決定往西北挺進的路線。歷經兩萬五千里長征，十月二十日，紅軍抵達延安，延安以及鄰近地區成為中國共產黨西北革命的根據地，有了安全的根據地也穩固了中國共產黨的發展。在中共穩定發展時期，張錫鈞的情報收集、傳遞等工作，長期與共產黨員合作。

來到上海，比起廈門，張錫鈞除了有更繁忙的門診與開刀，由於置身陌生的環境，診療室的桌子上，玻璃壓著一張上海地圖，有空就看看，記下主要街道的名稱與街區結構，盡快知道路該當怎麼走。張錫鈞看診之後，晚餐前，約半個小時，漫步街區，仔細觀察上海灘的景況。由於語言不通，晚餐之後，與太太一起學上海話，希望盡快融入上海。不意，登臨上海不久，八月十三日就發生淞滬抗戰，是為張錫鈞彈奏出史詩般諜海傳奇的序曲，協奏序曲的則是謝南光。

八月初，張錫鈞到上海的幾天前，在光華眼科三樓特別病房，透過李安居介紹，謝南光認識王芃生。雖然是第一次見面，但，王芃生與謝南光，兩人於一九一六、一九二〇年，一前一後留學日本東京，因此有許多熟悉的共同話題，加上兩人有一致的抗日的理念，因此相談融洽，成為至交。

王芃生留學日本五年期間，為了瞭解敵情而專注於日本政治、經濟、文化等領域的研究，廣泛地收集文獻，撰寫多篇專題報告，成為中國的日本通。對於中、日之間重大事件的預測，尤其幾次提報準確的情報，例如：一九三一年九月，任職於外交部時，呈報日本可能有事於東北。一九三六年擔任中國駐日本大使館參事時，截獲來自日本軍部的情資，情資的重點是蔣介石西安行可能發生兵諫，因事態嚴重，立即專程趕回南京，向外交部長張群報告。張群認為情報正確，基於為國舉才的動機，引薦王芃生晉見蔣介石。

一九三七年五月，王芃生密呈，七月上旬，華北可能有事，密呈還建議，設置專門負責蒐集日本情報的機構，報告送到蔣介石手中。由於王芃生長期表現的成績，獲得國民政府中央的信賴，軍事委員會依王芃生的建議成立「國際關係問題研究所」，簡稱國研所。蔣介石批閱公文時，記起兩次提供正確情報，曾經當面向他報告的王芃生，乃批示：國際關係問題研究所所長王芃生。

為了積極有效地推動國研所的工作，王芃生親自到上海佈局。在光華眼科與謝南光交談之後，王芃生當面邀請謝南光加入國研所。兩人談話的隔天，王芃生返回南京，八月十二日，即有專人送了一封王芃生的親筆信到光華，面交謝南光。國研所信紙，以毛筆書寫的信中指出，中日即將爆發全面戰爭，請謝南光立刻前往華南，就福州、廈門、汕頭、香港、廣州等幾個重要港市，佈署對日工作據點。謝南光找來張錫鈞，一起讀過王芃生的指令之後，當場燒掉信紙，接著，緩緩地說：

「老弟在廈門紮紮實實地耕耘了八年，因行醫的方便，又是臺灣革命黨南方支部的負責人，與閩南一帶的地方人士的關係非常密切，尤其與當地臺僑的情誼更是深厚。中央指示，在閩南佈署情報據點的重要任務，沒有老弟一起執行難以成事。這一趟，安危難料，但為了國家，有請老弟，一定要一起去。

「戰爭即將全面爆發，之後的情勢，套句老話，已經到了『瞬息萬變』的境地，該當如何因應？各方人士依然各說各話，我們只有冷眼觀察。

「巨變臨頭，老弟應該不再是廈門那些人關注的重要對象，到廈門可能遭遇的危險因而相對降低，這也是邀老弟同行的理由之一。」

謝南光接著分析：

「廈門是大陸與高雄港聯繫的主要港埠，是此行的重點。還有，英國屬地香港，有許多國際人士，社會結構非常複雜，最方便蒐集情報，是另一個重點。」謝南光強調：「此時已顧不得個人安危，縱然冒險，還是不能不走一趟。到廈門，除了見必要的人，避免讓其他人知道，免得橫生枝節，影響正事。」

此行是效力國家，對抗日本的大好機會，張錫鈞當然爽快答應。晚飯時，張錫鈞才將遠行的事告知太太、張錫祺，還有剛取得醫師證照的張榮玉，總共三人。情勢危急，竟然南下，家人難免擔憂，既然決定，只有互頌平安。

情報蒐集，緊要處在時效，逾期的情報形同廢紙，毫無價值可言。因此，一接到指令，就即刻行動。十三日一大早，張錫鈞與謝南光來到外灘的碼頭，等候最近的船班。從廈門來的芝巴德號正要啟錨開往廈門，兩人幸運地即時趕上。船起錨不久，一到蘇州河，發現被日本海軍強占的所謂「日租界」，虹口一帶聚集了不少全副武裝的日軍。芝巴德號出吳淞口，駛進入長江就看見幾十艘日本戰艦停泊在江心。兩人不約而同地說：

「戰爭就要爆發了。」

船才經過玉盤洋，電訊室就收到上海爆發戰爭的消息。上海已經淪為戰場，中日業已全面開戰的情境下，謝南光研判，此趟南下，不能多逗留，幾經考慮，到了廈門，並不上岸，約莊文山、黃志光上船，交待任務，以及連絡方式。廈門快速佈線之後，張錫鈞獨自返回上海租界繼續行醫，還有一項謝南光交付的重大任務——佈建情報網、蒐集、傳遞情報。謝南光則留在香港，與李安居一起，廣泛接收各方訊息，回報國研所。

回到光華眼科，隔天，信差帶來王芃生的親筆信，形同派令，要張錫鈞加入國研所。戰爭引爆之後，短時間難以收拾，此時，有幸被遴選，加入直屬中央的情報組織，直接投入抗日工作，張錫鈞當場爽快答應，並簡短回信交給信差，煩轉王芃生。信的最後，附上一句：

「張榮玉擔任交通，傍晚傳遞消息。」

上海，彌漫硝煙八月天。其實，蘆溝橋事變之後，日本已經查覺整個中國戰場太遼闊，並非日本的軍力所能掌控，必須集中火力，針對戰略要地，予以致命一擊，澈底擊潰中國人的抵抗意志。因此，決定跨過華北的「泥淖」，鎖定華中，第一個目標，當然是上海。拿下上海，逼迫中國屈服，同時快速終結整個中國場，猶如德國的閃電戰。國民政府軍事委員會當然清楚日本的盤算，日軍的步驟，顯然可見：重兵迅速奪下上海，控制長江口，掐住華中的咽喉，再以優勢的海軍，沿著長江，揮師南京，逼迫國民政府投降。

對於戰場的攻守，國民政府的戰略考量同樣是：華北戰場，戰線太遼闊，無論兵力派遣與後勤補給，難度都相當高，不能不放棄。乃調派最精銳的部隊堅守上海，不惜代價，阻擋日軍，不但澆熄日寇的氣焰，甚至擊退侵略者。

早在八月初，上海的日軍就開始滋事。十二日，陸續有三十多艘日本艦隊停泊在吳淞口的長江水域，一萬餘名陸戰隊員也已登陸，並快速佈署陣地，顯然整個戰局早有規劃。

十三日清早，張錫鈞與謝南光搭乘輪船，啟航之後，上午九時，兩軍曾零星地短暫接觸，當時輪船上的收發室即有作戰的訊息傳入。

一九三七年八月十三日，下午三時許，全面開戰，是為八一三淞滬會戰。淞滬一開打，日本揚言：「三月亡華」。計畫三個月就逼迫中國投降，意圖從中國戰場的泥淖早日脫身，之後，大軍轉進南洋，取得東南亞、南亞豐富的糧食、石油、橡膠等等重要的戰略物資。

三月亡華？中國人真的如此不堪？三月亡華的狂言，日本軍國主義者對於文化母國——中國，民族性的認知，因一時的虛驕、自大，竟而衍生出流於輕蔑的判斷，且一廂情願的近於癡騃，才敢如此狂妄、蠻幹，乃激發出中國人誓死抵抗外侮的決心。為了阻擋日本的侵略，甚至將敵人趕下海，國民政府出動最精銳的部隊，以德國顧問團訓練的八七、八八師為主力，攻擊重點則鎖定虹口一帶的日本營區，以及日商的公大紗廠。空軍則配合轟炸日軍司令部、碼頭區，以及軍艦。中國動員陸軍、空軍，兵力總數超過六十萬；日本，海軍、海軍航空隊，以及陸軍總數十三萬之譜。

中國部隊之精良，從孫立人被派駐最前線可以瞭解一二。孫立人於一九四二年，曾率領遠征軍，在緬甸戰場，仁安羌之役，殲滅日軍，解救被圍困的英軍與俘虜而名震中外。淞滬會戰，孫立人奉命率領財政部稅警總團支隊，死守蘇州河南岸，阻止日軍渡河。孫立人指揮部下欲炸毀日軍的浮橋時，遭日軍砲火炸傷，昏迷三天三夜，幾乎埋土蘇州河畔，幸有宋子安護送到香港就醫，才挽回生命。就孫立人率領精銳部隊投入最前線，甚至伺機主動出擊，然則，不難體會，戰況之激烈，乃至中國精英部隊全面出擊，勇敢抗日的情境。

兩軍鏖戰至九月底，戰況已然清楚，中國人「以血肉之軀，築成壕塹，有死無退」，國民政府軍所凝聚的血肉長城有效阻遏日軍，所謂「三月亡華」，顯然成為一廂情願的「囈語」，甚至淪為國際笑談，戰爭史上的羞辱。

且聽，十月發表，潘子農作詞，劉雪庵譜曲的〈長城謠〉：

萬里長城萬里長，

長城外面是故鄉。

高粱肥，大豆香，

遍地黃金少災殃。
自從大難平地起，
奸淫擄掠苦難當，
苦難當、奔他方，
骨肉流散父母喪。
沒齒難忘仇和恨，
日夜只想回故鄉。
大家拼命打回去，
哪怕敵人逞豪強。
……

〈長城謠〉撼動人心的詞曲，傳唱中國大江南北，傳唱中國各個角落。多少人噙著淚，哽咽地吼出：「長城外面是故鄉……沒齒難忘仇和恨，日夜只想回故鄉。大家拼命打回去，哪怕敵人逞豪強。」礮火飛舞的上海灘，高昂地唱出〈長城謠〉，歌聲更激勵、凝聚了中國軍民的士氣，「大家拼命打回去，哪怕敵人逞豪強」。

淞滬會戰十一月十一日結束前夕，十月二十六日，謝晉元奉命率「八百壯士」——實際四百餘人，堅守鹽業、金城、大陸、中南四家銀行聯合開辦的四行倉庫重要據點。二十七日上午，影星胡蝶與陳燕燕，離開上海之前，到四行倉庫，贈送衣服，慰問守軍。下午女童子軍楊惠敏冒險將國旗送給守軍，國旗飄揚四行倉庫的畫面，大大振奮人心。當時的民心士氣可見一斑，在在激發中華民族奮起，灑熱血，殺敵除強暴的意念與作為。

中國人不可屈辱，淞滬會戰打得日軍銳氣重挫，日軍不能不研議新的戰略，以快速終結上海戰場。

中日開戰，租界外煙硝四射；租界避開霹靂戰火，一般人的作息不改日常。光華眼科卻因此增加不少傷兵，病患幾倍增，不過，軍人，不分國籍，都免費治療。

戰場就在眼前，面對侵略者的暴行，張錫鈞直慨嘆：

「世間，絕大多數的生物並不傷害同類，為何日軍卻在他國領土上如此殘暴？難道強權才是公理？難道以暴止暴才是正道？」

面對日寇欺凌，且聽，一九三八年吳宗海作詞，出生上海川沙縣的黃自譜曲的〈熱血〉：

熱血滔滔，熱血滔滔，
像江裡的浪，像海裡的濤，
常在我心頭翻攪。
只因為恥辱未雪，憤恨難消，
四萬萬同胞啊！
灑著你的熱血，去除強暴！

激勵抗敵的愛國歌曲，沸騰中國人心。

幻化諜海通譯多

世界古文明大多孕育於大河流域，抗戰時期貢獻灼然的間諜網也萌生於中國第一大河，長江與黃浦江匯流處——上海，也是近代中國經濟的重鎮，可謂歷史的必然。

且說國難當頭，張錫鈞慨然挺身而出，不但無畏地正面迎向業已登臨的風暴，且依據長年積累的判斷力，與個人優越的敏感度，透過情資的蒐羅、分析、傳遞，提供國家珍貴的情報，得能制敵機先。張錫鈞蕩開襟懷，開闊目光，盱衡當下，既非無能，豈能無助，且直指扭轉大時代的狂潮，真是捨我其誰。

影響戰局的上海的諜報戰，除了來自臺灣的張錫鈞綜理其事，竟然還為千里之外，已然淪陷於日寇手中的臺灣所牽引，莫非是天意！

一九三六年，日本據臺第十七任總督小林躋造上任，小林躋造預見全面戰爭爆發之後，無論物資與人員，都必須從臺灣大量補充，乃預為因應，就臺灣「皇民化、工業化、南進基地化」，立意恢宏的三大基本方針，要求確實執行。其中，皇民化的主要目的之一在消弭臺灣人對於中國的祖國意識，並重新形塑臺灣人的家國思想，進而認同日本帝國與皇室統治，終極目的在改造臺灣人成為可供驅遣的馬前卒，好派到戰場，充當軍伕與通譯，不過，他們並非軍人，其時，臺灣人並沒有資格當兵。如此政策之下，遂有大量擔任通譯的臺灣青年被派駐戰場，尤其中國戰場的要地——上海。但，即便小林總督構思再縝密，佈署再周延，預期再美好，不意，竟然幫張錫鈞伸展出難以計數的情報線索。小林躋造用心建構所延伸的，竟然是美麗的錯誤。

日人占領臺灣三十餘年，施行奴化教育也已三十餘年，遂一廂情願地認定：臺灣新一代的國族觀念，應已全然改變，理所當然，效忠新祖國——日本。因此，為了配合戰場的需要，再則考量訓練的時效，尤其在小林躋造執行三大政策的引領之下，快速訓練大批臺灣青年擔任通譯，準備隨時派到戰地。當中日全面開戰之後，日本宣稱三個月滅亡中國，因此亟欲拿下長江口的鎖鑰上海而派出重兵。配合戰地需求，每一軍部分配多位來自臺灣的通譯，協助部隊的高階長官。豈真是多行不義必自斃，通譯中竟然有不少張家舊識，真是天助自助者。

十月初，有天下午，大約三點半，醫院正忙著，一位穿著便服的軍人走進光華眼科，直接走到診療室門口，向張錫鈞點頭行禮後輕聲自我介紹：

「我是郭漢海，顏興的妹夫。」

張錫鈞一聽顏興妹夫，由於年紀比自己大許多，連忙喊：

「姊夫！姊夫！失禮！失禮！」

張錫鈞要張榮玉接手工作，引領郭漢海到三樓的特別病房。一進病房，張錫鈞就開啟留聲機。裝設留聲機是張錫祺的主意，光華一、二、三樓各有一部，看診的時間，一樓經常播放時下上海當紅的曲子，以及貝多芬的交響曲。一樓之所以持續播放歌曲，張錫祺的理由，除了安撫病患、家屬的情緒，多少排遣久候難耐的煩躁。二樓的留聲機放在小客廳，偶而也會播放。三樓放在特等病房，也是會客室，特殊友人來訪，才播放唱片。

因為張錫祺的關係，光華也是中共在上海重要的聯絡站，三樓幾間病房經常有共產黨員「病患」靜養，「病患」中比較著名的有：陸定一、李克農、潘漢年、許滌新等等。這些「病患」聽到樂聲響起，知道張錫鈞正在接待特殊客人，都很有默契的留在病房裡。

引領郭漢海進客房後，張錫鈞挑的唱片是《新婚大血案》主題曲，郎毓秀唱的〈飄零的落花〉：

……

願逐洪流葬此身，

天涯何處是歸程。

讓玉香消逝無蹤影，

也不求世間予同情。

張錫鈞介紹：這是目前上海最風行的藝術歌曲，詞曲的作者劉雪庵生於一九〇五年，一九三四年譜曲時還是上海國立音樂專科學校的學生，真是天才。忽地，張錫鈞露出牙齦，略帶稚氣地開懷笑著說：

「很榮幸，小弟與劉雪庵同齡。哈！哈！哈！

「這是一首很悲涼的歌曲，詞、曲所流露的情境，映現出當代中國人苦難的心聲，非常感人。仔細靜靜聽著，整個人融入樂音中，會掉眼淚。」

張錫鈞一介紹完〈飄零的落花〉，郭漢海即起立，喊了一聲：

「師叔！」並行禮致意。郭漢海談自己的經歷：

「曾隨顏興到泉州行醫，習醫，且已取得中國的醫生執照。顏興到廈門時，泉州的光華眼科交給我，不料，沒多久就被徵召回臺灣。

「泉州的醫院已交給兩位同事，也是顏興指導的學生。」

被尊稱師叔，張錫鈞原本覺得疑惑不解，經郭漢海說明，原來他是顏興的學生，也是張錫祺再傳的眼科醫師。張錫鈞客氣地說：

「被姊夫稱師叔，不敢當。」

郭漢海不清楚的是，約略同時，顏興已奉張邦傑指示，回臺灣吸收同志，為光復臺灣預作準備。張邦傑交給顏興一紙「台灣革命南部支部組織部長」證明書，但，顏興一直沒有使用。

張錫鈞接著說：

「原本要姊夫來上海幫忙，沒想到家兄要他回臺灣去。

「顏興姊夫在閩南的一些作為，尤其交友，日本廈門領事館的特別高等警察應該都已掌握。

「戰爭已經全面開打，日本對臺灣的控制一定更嚴厲。姊夫身份敏感，此時身在臺灣，可能難有作為，很可惜沒到上海來。」

一如張錫鈞的研判，顏興回臺灣時，一上船，果然就有日本領事館的特高在甲板等著。顏興當下明白，回臺灣已不能夠做些甚麼。更不幸的是，顏興回臺灣之後，由於日本不承認國民政府頒發的醫生執照，不得不委身在好友，也是張家兄弟的舊識莊孟侯醫師的診所充當密醫，好賺錢養家。張錫鈞瞭解顏興的狀況後，與郭漢海見面之前就曾經寫信，附上匯票寄給顏興，要他全家到上海來。此因，在法租界，無論醫療、祕密抗日，都還有相當大的空間可以揮灑。信，署名「小張」。戰區來的信，特高當然先行檢查，顏興因此被捕，遭嚴刑逼供，追究「小張」是誰，顏興拒不回答，甚至絕食一個月。關了將近四個月，問不出所以然，特高只好放人。顏興被關時，幸好有莊孟侯接濟，顏興家人才能夠勉強維持生活。

而郭漢海在高雄接受通譯訓練，懂得一點簡單的普通話、上海話。應是畢業於東京府立六中的學歷，臺灣人如此出身的並不多，才被選派到戰略要地，虹口日本軍部擔任通譯。

郭漢海不經意地說：

「在泉州時曾聽顏興多次提及，兩位舅爺在法租界行醫，難得放假，特地來拜訪。」

一聽放假，張錫鈞機敏地問說：

「租界以外，鐵蹄來去，礮擊不絕，戰火熾烈，此時，為何能夠放假？」

郭漢海回說：

「這個時候放假，確實不尋常。軍部最近正進行整編，除了一小部分後勤與通譯人員留守，大部分作戰部隊整編後，計畫十一月初調到杭州灣去。整訓期間，通譯沒啥事，才可能放假。」

張錫鈞上樓前，已吩咐準備簡單的飯菜，兩人邊談邊吃，免得郭漢海回營房餓肚子。姊夫、舅子難得他鄉相遇，尤其是在烽火上海，更是興奮莫名。而張錫鈞的熱絡，加上相談投緣。對於淞滬會戰，兩人都認為，已然敲響日本敗亡的喪鐘，光復臺灣的日子不遠。

張錫鈞多次強調，以後放假，遇有病痛或其他任何問題，歡迎隨時找他。在幽幽的歌聲中，姊夫、舅子邊聊天，邊談論時事，順著話題的延伸，很自然地，帶出珍貴的情資。

送郭漢海出門，已經傍晚，張錫鈞隨即進化妝室去，將郭漢海談到的重點快速寫成報告，要榮玉即刻送到開往香港的輪船去，寄給在香港蒐集情報的謝南光與李安居，轉給國研所的王芃生。之所以趕輪船開航時寄送，此因國民政府在上海的「交通站」仍未佈建，透過一般郵寄很可能被攔截，一旦被查獲，不但情報工作，包括醫療，光華眼科很可能因此結束。此次拜訪之後，遇有重要消息郭漢海即通報張錫鈞。

難得在上海遇到姊夫，張錫祺要張錫鈞約郭漢海到飯店聚餐，聚餐時張錫祺夫婦與女兒秀蓮，張錫鈞夫婦，以及張榮玉都參加。張錫鈞選在距離光華不遠，新近開業的綠楊邨酒家。綠楊邨酒家，詩情畫意的店名取自清代詩人王漁洋的名句：「綠楊深處是揚州」。綠楊邨的招牌菜有豆沙鍋餅、大煮乾絲與水晶肴肉等。大煮乾絲，每一根豆腐乾絲的直徑都不超過一毫米。揚州師傅的刀工了得，而菜餚四周的雕花、蟲魚、風景等擺飾也是一絕。

大家坐好之後，郭漢海起立向張錫祺行禮，尊稱一聲「太老師！」尊稱張錫鈞、張榮玉「師叔」。大家聽得哈哈大笑，張錫祺回說：「姊夫太客氣了，都是自家人，何況是長輩。『太老師』實承受不起，姊夫太客氣了！」

點菜時，張錫鈞告訴服務員：第一次來用餐，這是家庭聚會，不喝酒。原則是吃得飽，吃得好。張錫鈞強調，吃得好。至於點哪幾樣菜，菜色怎麼配，請服務員全權處理。張錫鈞說話時自然流露的不凡氣宇，服務員閱人多矣，貴客光臨，豈敢造次，上的都是招牌菜，無論刀工、口味都是揚州菜的特色，而擺盤的花飾更讓大家開眼界。

張錫祺埋單之後，稱讚說，一家人難得團聚，這是到上海多年來，吃得最愉快的一餐，有機會再來。

一如在廈門時已有臺灣通譯幾次主動通報訊息，郭漢海也主動登門拜訪。可見，臺灣不少新生代，依然持守濃厚的民族意識，懷抱根深柢固的反日情結，此一論斷，張錫鈞業經多年驗證而深具信心，信任家鄉來的通譯，光華眼科大門敞開，情資得能源源不絕。

張錫鈞取得情報之後，還得經過一番後續工作：首先，依據經驗，分析這些零碎的資料。憑藉閱歷所萌生的直覺，解讀其意義，進而快速研判其正確性，以及情資的意義，才綜合成報告。張錫鈞從未接受過情報員訓練，之所以能夠綜理情報，或是與生俱來的能力，多年來蓄積的人文素養，加上年少以來身處危機、濁流中所練就的獨特應變能力，即便環境改變，角色轉換，這些功夫都能夠快速融入，竟而以此修為妥善運用，因應復雜的人事，才能夠多年安然悠遊於黃浦灘的諜海之中。

到過光華眼科的通譯，回部隊後，私下會聊起臺灣來的醫生，親切、好客，放假時一定要拜訪去。光華眼科幾成了通譯的休閒會館，每逢假日都會有幾位通譯登門造訪。不過，臺灣人的抗日意識怎可能齊一？還是有一些甘心充當侵略者走狗的。

有天，一位在上海行醫，同樣來自臺灣的李姓醫師，竟然也來到光華。由於身份特殊，尤其神情，張錫鈞一見就起疑，並沒有邀他上樓去，只和他在候診室聊聊診所的業務：

「戰爭爆發後，病患大量增加，每天忙碌不堪，星期天也不能夠好好休息。李先生，你的醫院，病患也增加不少吧！」

張錫鈞儘談些無關緊要的話題，不過，陳姓醫師很自然地將話題引伸到臺灣的近況，接著兩人各自分析上海新近的戰情。張錫鈞強調：

「中國的戰況並不樂觀！」張錫鈞可是見鬼說鬼話。

「對於旅居上海的臺灣人，生活是受到相當影響。」一句空話罷了，戰爭爆發，誰人不受影響？或是為了拖時間，張錫鈞不知啥靈感，竟然想到在電臺，以及廈門讀過的一些書中，他似懂非懂的句子，生吞活剝地背出：

「神是種族的自我投射，神因不同種族而有不同的顯象，不同種族以各自的形象來形塑神的不同樣態。具體的顯象是，中國人到寺廟燒香禮敬神佛，日本人到神社參拜神祇。

「其實，對於人類而言，神如同圓球的中心點，中心點上的神與球上每一個點之間，不但距離一樣，而且平等。」

張錫鈞莫非在傳教？其實，說的都是些不知所云，甚至文不對題的玄理。張錫鈞不曾留陳醫師在家吃晚飯，也不曾邀他一起到鄰近的館子用餐。陳醫生來了幾次後，主動提起：

「日本領事館提供一筆經費，要我負責創辦一份雜誌，編輯、撰稿的報酬都相當優厚。雜誌的銷售與盈虧，由日本領事館自行處理。」

陳醫師強調：

「穩賺不賠的生意。

「才幾次交談，就深深領會張先生不但學養豐富，而且文才出眾，特地邀請張先生一起參與編輯工作，得便也幫忙寫稿。

「報酬相當優厚！」李醫師再次強調。

張錫鈞當場以早先提及，戰爭爆發之後，病患倍增，忙不過來的理由，直接拒絕。或是覺得已經「摸清」張錫鈞的底細，還有光華的營運狀況，這位攀附日本軍方的醫生，從此不再浪費時間到光華。

光華訪客多，除了通譯、探門路的漢奸，日本密探也登門。有天午後，又有人到光華找張錫鈞。此人自稱姓江，來自臺灣，並非通譯。既然不是通譯，到底是何身份，竟然能夠自由行走在烽火上海？到光華來，是何居心？張錫鈞一看，心裡有數，又是不知所云地聊了一些，甚至扯到與新婚太太曾經散步到吳淞，看日出的景象與感受：

「家兄指示小弟到上海結婚，婚禮那天，或許太亢奮，大約四點，醒來就睡不著，乾脆起床，帶著太太，沿黃浦江岸邊，往北走。經過『日本租界』時，有衛兵攔著，問話時，以日文流利應答而順利放行。兩人摸黑走到吳淞，遠遠看著兩江匯流處，流水激蕩，湍急轟轟，霧氣濃鬱。

「在這淡水海水交界處，食物鏈豐富，很多魚類可以歡喜覓食。

「海水對於魚是純淨的，但，對人卻不是純淨的。」

忽地張錫鈞說起日出氣象：

「當太陽從海天一線間蹦出來時，喝！遠處海面上的水氣隨之牽引而起，隨即轉化為雲彩。風隨之而起，雲隨風舞動，上升的水氣下降為雨。」訴說太陽之後，竟跳脫到人生哲理：

「逝者如斯，萬物不駐。

「東西方的哲人，若合符節。

「濯足入水，水非前水。新的水流源源不絕地注入，永恆的變化就像江水一樣，永不歇息地流動、注入，流動注入。人生不駐，一如江水。

「永恆與幻化，可是一體兩面！」

談天說地，背誦些句子，胡扯一通，張錫鈞似乎有意不讓江某插嘴。事後，張錫鈞也想不透，怎會想到結婚那天清晨的往事，而且引伸出不少話題，竟然還引用早年讀過的經典佳句。雖然敷衍以對，不意，江某還是不知趣的多次上門，張錫鈞擔心來訪的通譯被撞見，可能招惹麻煩，遂要了江某家地址，逕自回訪。張錫鈞「拜訪」江家幾次以後，江某或是怕自己露餡，在張錫鈞可能「拜訪」的時間，故意緊閉房門，離開家，從此不再出現光華。

找張錫鈞的還有共產黨員，可能是共產黨已經獲悉張錫鈞多次提供珍貴情報的訊息，王學文透過張錫祺，希望吸收張錫鈞。光華三樓的特等病房，留聲機傳出貝多芬的《命運》，張錫祺介紹王學文在上海的同志金鑑銘與張錫鈞認識，張錫祺說：

「你和謝南光的情報線索多，金先生他們對於『日本人的動向』也很感興趣，希望大家能夠『交交朋友』。」

張錫鈞向來並無黨派之分，爽快回答說：

「大敵當前，只要對中華民族有利，只要能夠早日讓臺灣脫離日本魔掌，樂於與任何黨派合作，何況二哥交待。」

從此，張錫鈞給謝南光的情報，要張榮玉抄另寫一份，也交給金鑑銘。

一九三七年夏日，有天，一位穿著便服的年輕軍人進入光華眼科，直接走到診療室門口，向張錫鈞點頭行禮，張錫鈞要張榮玉接手，即帶著來人上到三樓特別病房。年輕人先行自我介紹，他來自高雄，也姓張，大家都喊他「小張」。一聽「小張」，張錫鈞哈！哈！兩聲，回話說：

「真有緣，剛剛代班的那位醫師，舍姪張榮玉，也叫『小張』。

「下樓時，記得招呼他一聲！」

小張接著說，在高雄接受短期語言練訓之後，被派到上海日本軍部擔任通譯。有同鄉告知，直接到診療室，就可以見到鄉前輩，請前輩多多關照。上樓前，張錫鈞同樣吩咐準備飯菜，兩人邊談邊吃。

同鄉又是同宗，而且與張榮玉都被暱稱小張，倍增親切，加上張錫鈞的熱絡，兩人談得很投緣，很自然地聊到部隊最近的作息情形。小張說：

「近幾天，部隊大部分官兵都準備搭船到江北去，鄰近幾個營房都一起動員。我並非作戰人員，可能不需要通譯，與少數幾人被指定留守，所以有機會外出。」

由於長年來中、日兩國軍人到光華眼科治療眼疾都不必付費，平日就有一些日本軍人到光華看眼睛，因此，來自臺灣灣的通譯到光華找張錫鈞並不會讓外人覺得太唐突。

待小張一離開光華，張錫鈞即進到洗手間，快速撰寫報告，依平日的作業，由輪船寄到香港，勢必延誤時間，再重要的情報也將淪為廢紙一張。張錫鈞想到，找金鑑銘試試，他們有電臺，或許願意幫忙。但金鑑銘不敢作主，必須請示上級。隔天一大早，金鑑銘的上級劉時雨就來到光華，直接找張錫鈞洽商。

劉時雨本名吳成方，一九三七年進入中共社會部，直屬潘漢年，此時是八路軍駐滬情報系統負責人。潘漢年曾參與閩變，蘆溝橋事變後，擔任八路軍駐上海辦事處主任。後來中共社會部任命潘漢年領導華南情報局，潘漢年對於張錫鈞的中、晚年的際遇影響至巨。

在三樓交談時，吳成方湖南腔的普通話，張錫鈞聽不懂，找來張錫祺「翻譯」。發電報到香港的事，吳成方答應立即處理。此次合作之後，吳成方多次親自到光華拿取情報資料，藉機與張錫鈞話家常，聊時局。幾次以後張錫鈞逐漸聽懂吳成方到底說些甚麼。有天，吳成方拿了張榮玉抄寫的資料後，並不急著走，對張錫鈞說：

「基於而後往來的『方便』，我們有必要建立『組織關係』。」

啥是「組織關係」？張錫鈞一臉茫然，於是吳成方挑明說：「希望你加入我們的組織，將你目前的情報網絡一併拉進來，每個月支付一千元活動經費。」

一聽到給錢，張錫鈞毫不考慮地立即拒絕。張錫鈞為了對抗日本曾經與謝南光籌組臺灣革命黨，還有，臺灣革命黨多位同志集體加入國研所，負責提供情報之外，並未加入任何黨派。之後，吳成方幾次要張錫鈞加入共產黨，但因為之前提到支付活動經費的事難以釋懷，張錫鈞一再拒絕，明白告訴吳成方，拿錢辦事，對不起其他同志。大家不談錢，他樂意與國、共合作，一起抗日，一起為光復臺灣而努力。張錫鈞神色嚴肅地說：

「沒有不能消解的矛盾，沒有不能統一的對立，何況面對的是共同的敵人，迎接的是一致的目標。我們並不是敵對的對手，而是追求光我中華，光復臺灣的好伙伴。」

吳成方不死心，糾纏不休，一再請張錫祺遊說，但張錫祺反而勸吳成方，並委婉解說，請他相信張錫鈞的為人，絕不會出賣同志。由於吳成方已暴露身份，原本堅持不加入共產黨張錫鈞就必須「離開」。張錫祺的立場很清楚：

「入黨與否，對張錫鈞意義不大。他的目標就是抗日，光復臺灣，樂於與國、共合作，攜手完成平生志業。他是讀古人書的，不但知道中國的倫理規範，還頗有古代遊俠的風骨，不惜為朋友兩肋插刀。

張錫祺強調：

「萬一出狀況，一定自己扛下，絕不會連累他人，更不可能出賣同志，請放心。」

「我帶出來的弟弟，都跟著我大半輩子了，天天一起吃晚餐，我可以信得過。」

吳成方遂不再為難張錫鈞，張錫鈞還是繼續提供情報。交往日久，大家「剖腹相見」，成了摯友。既然張錫鈞不願意被共產黨吸收，吳成方經上級同意之後，透過張錫鈞介紹，伺機加入國研所。當時從事情報工作的不乏雙重，甚至，遊走國民政府、共產黨、汪偽、日軍，多重身份者，從三兩個管道取得情報並不稀奇。

吳成方與張錫鈞長期配合之後，知道張錫鈞的情報大多是日軍的佈署，不但是軍隊調動的第一手資料，而且準確度非常高。吳成方實際體會並肯定，由臺灣革命黨、臺灣的青年通譯所建構的綿密情報網長年來的貢獻，遂不再懷疑張錫鈞的「忠誠」。

黃浦江水匯諜海

煙塵礮火，日夜飛揚閃爍上海的天中，光華眼科張錫鈞醫師不改作息，依然交接多方人士。而淞滬會戰，由於戰況一直膠著，日軍高層不得不研議，如何改變戰術，好盡快拿下上海，再上溯長江，直取南京。

一九三七年十月上旬，日軍參謀本部密令，指派情報人員化裝前往杭州灣金山衛，執行偵察任務。此時，軍統局副局長戴笠應已輾轉獲悉來自張錫鈞的情報，快速動員三、四百人到杭州灣北岸實地瞭解，詳細分析地理、水文狀況，以及日軍的動向。獲致的結論是：日軍即將在金山衛登陸，登陸後即北上，與虹口一帶的日軍南北夾擊國軍。資料彙整之後，戴笠直接呈給蔣介石。遺憾的是，蔣介石誤判，堅持日軍集中兵力正面攻上海，甚至將駐守在杭州灣的部隊北調，直接投入上海戰場，遂錯失了拖延淞滬戰局的大好機會。十一月五日，日軍果真登陸金山衛。由於守軍多已撤離，日軍得能快速往上海灘挺進。由於日軍已占領虹橋機場，以及浦東、閘北、南市等「中國地界」。十一日，上海市長俞鴻鈞迫於情勢，不得不發表告市民書，宣告上海淪陷。

從八月十三日開戰到十一月十一日結束的淞滬會戰，差一天就滿三個月。在這九十個日子裡，日軍日夜不停，以強大火力攻擊國軍。動員了包括軍艦一百三十餘艘、飛機四百餘架、戰車三百餘輛，碾壓黃浦江、蘇州河戰場，總共投入約三十萬兵力，傷亡六萬人。國民政府部隊總共七十餘萬人，傷亡三十三萬人。國軍雖然傷亡慘重，但終究粉碎「三月亡華」的狂言，淞滬會戰不但振奮中國人心士氣，也讓歐美國家改變幾十年來對於中國任人宰制的印象。

日軍占領上海之後，立即溯江而上。十二月二日，歷經浴血鏖戰，護衛南京的江陰要塞失守。十二月十三日，日軍攻占南京，開始殘暴地屠殺平民，總共殺害超過三十萬人。此一慘絕人寰的殺戮，史稱「南京大屠殺」，是世界戰爭史上極其黑暗，醜惡的一頁。

「上海淪陷」，但公共租界、法租界，由於英、美、法三國與日本仍然維持友好關係，因此日軍並未進入。

淞滬會戰，國民政府最精銳部隊幾乎都投入戰場，中國人以血肉長城有效地阻擋敵寇侵略的狂潮。由於上海戰場纏住日本大軍，國民政府得能以時間換取機會，才有比較充裕的時間疏散人員、物資，逐步退守到長江中、上游，而有了之後的長期抗戰。淞滬會戰，中國人誓死不屈服，導致日本部隊散佈在遼闊的中國戰場，陷入難以脫身的困境裡。從淞滬會戰的戰況與結果，已明白預見日本終將敗亡。

上海，打從一九三七年八月十三日，淞滬會戰之後，一直到一九四一年十二月七日，日本偷襲珍珠港之前，長達四年又四個月，近一千六百個日子，蘇州河南岸的公共租界與法租界，總共約三十二平方公里的街區，成了維持中立，避開鐵蹄踩踏的一片「淨土」。租界也成了外國僑民，包括一九一七年俄國十月革命之後陸續流亡中國的俄羅斯難民——白俄一萬餘人，以及兩萬猶太人避難的地方。希特勒上臺之後執行反猶太人政策，一九三九年十一月九日的「水晶之夜」，猶太教堂被毀，猶太人被毆打，猶太人商店被洗劫，街道上鋪滿玻璃，乃名諸「水晶之夜」。水晶之夜過後，大約有兩萬猶太人逃到上海。還有，大量上海人，一開戰就被迫放棄家園，或從蘇州河，勉強擠上船，離開上海，另有不少從外白渡橋像潮水般，一波又一波地湧到租界——

避難所。光華醫院所在的法租界面積僅僅十．二二平方公里，竟擠進了五十萬居民，每平方公里人口密度將近五萬，對照美國紐約最繁華的曼哈頓，面積約六十平方公里，人口約一百五十萬，密度只有兩萬五之譜。人口密度，上海法租界是曼哈頓的兩倍，可見法租界人口之稠密。

高密度的居民加上維繫四年和平的避難所，如此人口結構與場域優勢所營建的穩固基礎，可興隆了百業，實乃異樣的安和樂利與揚揚氣勢。其時，租界的榮景，從工廠增加的一些統計數字可以瞭解：截至一九三八年底，租界的生產業與新建的工廠，總共四千七百餘家，超過淞滬會戰前的兩倍。一九三九年，遷到租界的工廠有一千七百餘家，其中以民生必需品，紡織業最多。根據上海布廠同業公會資料，一九三九年在租界新設織布、染織，以及手織廠共八百餘家，新增織布機兩萬餘臺，工廠的利潤是淞滬戰之前的二至三倍。蓬勃的工商業為避難到上海的大量勞動者提供工作機會，勞作者穩定的收入回饋到購買力，資方勞方相互得利的財經結構，也是穩固整個上海消費市場的基石。然而，資本家趁勢積累大量財富，同時衍生出上海的奢華生活，與租界之外的殘破，成了強烈反差。租界繁榮景象的一個負面效應是：物價、房租快速攀升，不少人也因此受害。

隨著上海的興盛，光華眼科是當時上海唯一的眼科專業醫院，因人口、病患增加，收入跟著倍增。但，並不隨著經濟景氣與可觀收入而改變的是，光華仍然維持工農貧苦大眾，以及各國軍人都不收費的原則。

相對於戰區的破敗，上海租界經濟的畸形繁盛，映現於文化、娛樂領域，也是異樣的璀璨。斯時，全中國最多的電影院、舞廳、咖啡館、遊藝場，以及戲院等等聲色場所，密集於上海，上海一片歌舞昇平氣象。君不見，酒店、舞廳等娛樂場所，人潮洶湧猶如黃浦江潮，君不見：

流連舞場路，
狂歡上海灘。
窮夜百樂門，
金流彈跳板。

顯現上海灘到底是若何情境。具體反映此時上海灘景況，首映於一九四七年，抗戰勝利後，電影《長相思》的插曲〈夜上海〉，刻畫最是鮮活。且聽，陳歌辛作曲，范煙橋作詞，金嗓子周璇清細而揚越的嗓音傾訴著：

夜上海，夜上海，
你是個不夜城。
華燈起車聲響歌舞昇，
……
酒不醉人人自醉，
胡天胡地蹉跎了青春，
曉色朦朧轉眼醒。
……

歌舞昇平，酒不醉人人自醉。酒色歌舞上海灘，流金漂浮，其間可揉雜多少血淚？誰人轉眼醒？誰人同流不合汙？誰人屹立於狂潮的勢頭不共浮沉？詩曰：

談歡把酒訴心曲，
華燈閃爍黃浦江。
耳鬢斯磨布魯斯。

情資訴說在歡場。

華燈閃爍，耳鬢斯磨，如斯浮華場域，實為萌生諜報的好沃土。

法租界霞飛路，法國人開闢的一條東西向幹道，以第一次世界大戰的法國名將，約瑟夫．霞飛元帥之名命名，路上行駛有軌電車。霞飛路與麥爾西愛路路口的國泰大戲院，是一座一次大戰之後才興建的，法國裝飾風格的著名建築，路口的立面，階梯式構件往中央拔高，尖聳的造型與筆直的線條是其特色。國泰大戲院於一九三二年開始營業，鄰近有凡爾登公園，那一帶是法國人規劃的高級住宅區。戲院三樓闢有一間撞球廳，球廳門口掛著一片金茶色中分絲絨門簾，一進門左側貼著一寸寬黑檀木繞邊，長約一米的穿衣鏡。球廳中央，一前一後擺著兩床英式司諾克球檯，球檯上方各垂掛有兩盞奶油型吊燈，吊燈上端連接包覆淡紅色棉布的電線，電線外有古銅色鏈條纏繞，是裝飾，也增強拉力，電線頂端是緊貼著天花板的白色圓形木盤，木盤外有一圈圓形雕花飾帶。前、後靠牆各放一張黑檀木方形茶几，茶几配有兩張圓形底座的沙發，坐墊表面繃著米黃色絲綢，木料也是搭配黑檀木，色調統一，益顯雅致，茶几上擺著白瓷橢圓形小煙灰缸。

國泰三樓的撞球廳是上層人士休閒、交誼的地方，旅居上海的日本通訊社特派記者鈴木一雄下午發完稿，經常來打撞球。鈴木留著瀟灑的短髭，每回到彈子房都咬著雪茄，盛裝出現，他一進彈子房，跟隨而來的是一股飄散的雪茄香味。鈴木揮桿之前，先脫下西裝，著馬甲，結領結。鈴木揮桿時，口叼雪茄，動作優雅、球技高超，看他揮桿，直是馨香怡人，賞心悅目的享受。國泰大戲院離光華眼科不遠，張錫鈞時而散步到彈子房，張醫師一如鈴木的行頭出現在彈子房，偶而也揮揮球桿應卯。張錫鈞在船公司工作那幾年，由於公司裡有張球檯供船員打發時間，因此練就好球技，還可以陪鈴木玩幾球。張錫鈞雖然不抽紙煙，也不抽雪茄，但並不排斥雪茄的煙味，兩人邊打球邊以日語聊天。鈴木是日本首相近衛文麿中國問題顧問尾崎秀實的好友，鈴木與尾崎都屬於日本反戰的知識分子，私下也都刻意掣肘戰爭。尾崎另一個身份是，二十世紀最偉大間諜，理查．佐爾格所領導的諜報組織，「拉姆扎」的成員。

理查．佐爾格曾經來中國採訪，佐爾格之前，先是一九二八年，美國女記者艾格尼絲．史沫特萊以德國《法蘭克福士報》特派記者身份來中國，深入報導各地所見，曾經到延安訪問中共領導人，撰寫多篇關於八路軍、新四軍轉戰各地的報導。一九三〇年初，理查·佐爾格以德國農業報記者的身份也來到中國，曾取得國民政府與德國軍事顧問聯絡的無線電通信密碼。以農業記者的身份到各地採訪報導時，伺機向中共通報國民黨軍隊的動向，包括引進多少新式武器，以及形制等等。在中國的種種作為，形同佐爾格間諜生涯的演練，並為之後在日本的諜報工作熱身。佐爾格在上海時透過史沫特萊的介紹，認識日本朝日新聞記者尾崎秀實，尾崎也加入拉姆扎，協助情報蒐集。一九三三年，佐爾格轉往日本，其時，尾崎秀實已結交近衛文麿，得能建立廣闊的人脈。透過尾崎的關係，佐爾格取得不少重要情報。

一九三七年，近衛文麿首度組閣，重用好友尾崎秀實，由於曾經駐中國大陸多年，尾崎成了近衛內閣中國問題的重要顧問，得以列席每週三在首相官邸舉行的早餐會，參與機密會議，能夠輕易地取得重要情報。這些情報除了由拉姆扎的電臺直接傳到蘇聯，當時還擔任南滿鐵路顧問的尾崎，從南滿鐵路的電報系統，將消息傳給上海的鈴木。一九四一年日本計畫偷襲珍珠港的重大情報，就是在國泰大戲院彈子房，鈴木與張錫鈞邊揮桿，邊聊天，很自然地傳遞，張錫鈞再傳給國民政府。

情報釋出的另一條管道是經由中西川，中西川是日籍中國共產黨員，日本情報機關滿鐵上海事務所的負責人之一。因此，尾崎秀實傳到南滿鐵路電報系統，日帝御前會議的重要情報，他也可以拿到，並快速轉送到延安。

一九四一年十月十四日，尾崎秀實被捕。四天之後，十八日，佐爾格也被捕。隔天早上，鈴木託人告訴張錫鈞，午後在國泰戲院打彈子。鈴木一派優雅自在地與張錫鈞一起揮桿，打球時，鈴木斷斷續續地對張錫鈞輕聲說：

「打完彈子，我就要遠行，遠行之前特地來與張先生告別。」鈴木面無表情，壓低嗓子說：

「今後千萬不要再到國泰戲院來，租界以外不安全，好好待在光華，好好保重身體。

「打完這一局，請張先生先行離開，有緣再見。」握手道別時，鈴木從手掌心傳給張錫鈞一張折疊成方形的小紙張，兩人相視，嘴角一抹會心的微笑。

張錫鈞一走出戲院，就快步離開，直接回光華去。

張錫鈞一下樓，鈴木從彈子房牆角的櫥櫃底層拿出兩個袋子，脫下西裝與牛津鞋，換上袋子裡的便服、布鞋，一拿出便服，可以看見袋子有不少紙張。西裝、牛津鞋塞進裝便服的袋子裡，裝妥後掛在肩上，掀開門簾前，對著穿衣鏡，詭異地淺淺微笑後，提著袋子走出門，轉往廁所，剃除短髭之後才下樓去。

張錫鈞往西南方向走回光華眼科時，有位頭戴土黃色鴨舌帽，身材瘦削，臉上乾淨，工人打扮的人緩步進入法租界的石庫門。轉幾個彎，走進一條小巷子，停在一處大火爐前面，將掛在肩上的袋子往裡一丟，看著袋子完全著火之後，提著另一個手提袋子，壓低鴨舌帽，快步離去，消失在一條曲折的窄巷中。

鈴木「消失」之後，來自日本本土的重要情資跟著斷了線，但，上海還是有不少持反戰意識的日本友人，例如著名的書店老闆內山完造夫婦。夫婦倆年輕時就到上海工作，後來自行在上海萬國租界經營內山完造書店，晚年致力於推動中國大陸與日本的友好關係，夫妻兩人去世後都安葬在上海。弘一法師《四分律比丘戒相表說》付印之後，拿了三十五部委託內山寄贈日本的大學圖書館。可見，內山完造與弘一法師的交情非比尋常。淞滬會戰期間，內山完造的書店裡曾掩護好友魯迅一家人。開設書店之前，內山完造曾在日本人經營的眼藥店工作，一九三〇年代初期仍在眼藥店兼差，與光華科早有業務上的往來，因此張錫鈞到上海不久就結識內山。張錫鈞知道內山與弘一大師的關係之後，滿臉微笑地告訴內山：

「在廈門時，曾經與弘一法師結緣，幫大師配眼鏡。

「有緣為大師效勞，真是難得的際遇。」張錫鈞接著說到大師的臨別「贈言」：

「大師曾提及『功德無量』，以及『明惠帝』。可能是區區凡夫修為太淺薄，一直到今天還是參不透大師的意思。」

內山知道弘一大師曾經開示張錫鈞後，兩人有了共同的話題，而引伸出，內山如何幫大師寄送佛書到日本：

「一九二九年，弘一法師在福州鼓山湧泉寺的藏經樓發現清初刻本《華嚴經疏纂要》，而日本大正藏經並未收入這部珍貴的經典，大師倡議，複印二十五部，其中十二部，交待我負責轉送日本。」

原來早有因緣牽繫著張錫鈞與內山完造，從而張錫鈞有空就到內山書店買書，聊天、散心。

聊天時，兩人的話題很自然地延伸到時局，多少也談到當下上海日本軍方的動態。

內山，一九一六年就來到上海，逛書店乃屬靈的休閒活動，不少日本人到過內山書店，上海大多數日本人認識內山，軍中也有不少熟人，因此，偶而也會聽到一些軍情，與張錫鈞聊天時，自然會提起這些，恰是情報網的好素材。

張錫鈞蒐集情報，平日勤下苦工夫，由於謙和的個性，遇有機會很容易就可以結交朋友。友朋往來之間，不憚其煩地傾聽，廣泛接收資訊，才可能從中篩選出有用的情資。

除了日本人的線，張錫鈞仍然有不少臺灣通譯繼續提供重要情報。一九三八年，國民政府國際問題研究所對於張錫鈞情報網的成果，竟然遠遠超乎預期，甚至不下於國家正式的情報機關，頗感訝異。國研所所長王芃生於是去信張錫鈞，以「擁護抗戰，收復臺灣」為條件，要張錫鈞率臺灣革命黨成員集體加入國研所，並任命張錫鈞為國研所上海站的領導，直屬國研所少將顧高地。既然早已實際投入諜報工作，國家有需要，張錫鈞欣然同意，化名「張大江」加入國研所，國研所給了連絡地點與暗號。

其時，世局詭異，在戰雲密佈的上海，情勢丕變，一夕之間不無可能物故人非，何況浮沉諜海之中，更不能不機敏地審時度勢，否則稍不留神很可能被時潮的旋渦所吞沒，竟而飄零無蹤。在廈門時，張錫鈞曾經拒絕軍統的邀請，甚至因此被迫遠離廈門來到上海，不久前才拒絕共產黨的入黨邀請，且可能因此賈禍，這回之所以欣然同意，其根本原因，實乃時空背景已截然不同。在廈門時，張錫鈞心目中的情報組織、特務無非搞暗殺，都是統治者的鷹犬，而且特務的下場大都非常可悲等等刻板印象，當時國民政府抗日立場並不明晰，才拒絕加入。至於拒絕加入共產黨，則因提到錢，觸及個人尊嚴的底線而心生反感。然而，此時國民政府已經展開對日全面戰爭，大環境已經不同，再則，張錫鈞的臺灣同鄉，以及臺灣革命黨同志，不時和他聊起日軍的動向。張錫鈞瞭解，這些訊息如果能夠即時彙集、整理，提供給國民政府，對於贏得抗日戰爭，對於光復臺灣應該頗有助益，如此情境，當然樂於加入。張錫鈞自己瞭解，負責統籌情報網的工作，放眼上海，捨我其誰，國家存亡之際，能不挺身而出？

張錫鈞領導的情報組織，成員以及編號：張大江代號 SH33、張榮玉 SH34、黃建中 SH35、李長年 SH36，洪壬癸 SH37，以及謝德南、吳海天、鄒承鼎、陳建平 SH53、劉添丁、李偉光、王麗明、王玉美、施石清、蘇鐵化、吳成方、謝德南、王炳南、郭漢海，還有日本人中西川，以及外圍的洪安婕、王炳南、王柏榮等等。組織成員中，不少是來自臺灣的通譯、臺灣革命黨員，其中王炳南擔任海軍高級翻譯，郭漢海是十一師團長翻譯，王麗明是日本上海憲兵司令部密探。謝德南曾在香港協助李安居、謝南光收集情報，二次大戰末期與吳海天計畫組織臺灣革命黨同志回臺，配合美軍登陸，夾擊日軍。中西功曾多次將尾崎秀實在日帝御前會議的情報直接轉送延安，尾崎出事後，鈴木不見蹤影，中西川也沉潛相當時日，不過變裝之後，中西川再度行走上海租界，進出光華。

一九三七年，張錫鈞兒時的玩伴洪壬癸隨日軍進駐上海，來到上海之前就耳聞張錫鈞在法租界光華眼科行醫，一放假就找張錫鈞敘舊。老友闊別多年，他鄉重逢，一開始，話題不外童年在張家庭院嬉戲的情景，談到當下，洪壬癸氣憤地說：

「早在大戰爆發之後前，『警察大人』的面目就越來越猙獰，經常不留情面地當街罵人，甚至扇人耳光，越來越過分。其嘴臉之囂張，行徑之惡劣，簡直將臺灣人當畜生似的。」說著說著，粗話都出來了。

聊到上海的工作情形，洪壬癸說：

「在部隊的工作，主要負責管制、核對倉庫物資，包括大礮、槍支、彈藥，以及米糧，甚至飛機的進出。整天盯著一部一部卡車進進出出，非常無聊。蒐集一張又一張報表，工作枯燥乏味。

「下午的工作更是頭痛，或許是士官長偷懶，以不擅長製作報表的理由，將最後統計、上報，複雜、繁重的工作全都交給我處理。報表不得遺失，統計數字不得差錯，否則軍需用品，尤其槍械、彈藥，帳目的數字與庫存對不攏，可是天大地大的問題。」張錫鈞一聽，驚歎一聲：

「阿癸呀！阿癸！你的工作太重要，太重要了！」洪壬癸接著說：

「上午八點上班，但是遇有緊急狀況，半夜就有卡車裝卸貨物，一聽汽車喇叭聲，不能不立即起床處理。工作單調，報表、數量，車牌號碼等等項目，都不能閃失，職位雖小但權責可重大。

「幫士官長處理很多事，因此士官長特准，除非特殊狀況，否則傳送報表之後，四點半就可以自由外出。成天繃緊神經，忙完工作，到營房外走走，放鬆放鬆，也是理所當然的事。」

洪壬癸來找張錫鈞的幾天前，來自高雄的通譯小張再次到光華來。小張說：

「最近可忙了好一陣子，不但在江蘇、浙江、江西幾個省採購米糧，還要求汪偽政府緊急配合。」小張還說：

「米糧集中於上海之後，運送到高雄，在高雄還會補上一些。」接著，小張說出重點：

「聽說可能轉運到南洋。」

「為了米糧，得下鄉擔任翻譯，走了好多地方，可真忙壞了。近幾天才有空，一休假就來打擾鄉長。」

沒等小張說完，張錫鈞想起《史記．高祖本紀》對於漢三傑有段精彩的描述，「鎮國家，撫百姓，給饋饟，不絕糧道」，才可能「連百萬之軍，戰必勝，攻必取。」張錫鈞立刻聯想到，日軍急著收刮糧食運到高雄，再轉運南方，顯然南洋即將有事，於是，請洪壬癸得便就彙整庫房進出的資料，盡可能每天送到光華來。由於洪壬癸呈報的是表格，庫房工作現場人員雜沓，不可能同時填寫兩張。為了達成老友交待的任務，可難為洪壬癸，必須將數據全都背誦下來，到光華之後，快速抄寫一份。彙整洪壬癸逐日的報表，包括糧食與槍械送達的地方與數量，不難研判日軍的佈署，尤其是整體戰場的戰略目標，讓國民政府預做因應。

另一位好手，黃建中。早在一九三八年，臺灣革命黨集體加入國研所之前，來自高雄的黃建中就奉臺灣革命黨之命，潛入日本駐滬作戰軍部，伺機接近軍部司令長湊少將與參謀長大橋大佐，進而時相往來。與高層往來，黃建中獲得的情報屬於比較高階，日軍的戰略佈署。除了日軍的網絡，因為黃建中的人脈，張錫鈞連結到法租界巡捕房，不過為了避免對方的困擾，由黃建中單線聯繫。巡捕房每日的情報譯成法文傳送出去之前，先抄一份交給黃建中。一九三八年五月，日軍占領廈門之後，臺灣革命黨派黃建中到廈門參與對於華僑的濟助工作，黃建中遂將巡捕房督查室處長鄒承鼎介紹給張錫鈞，讓鄒承鼎與張錫鈞直接聯繫。由於面對的是共同的敵人，患難中，大家剖腹相見，互相交心，無私、無畏地提供、傳遞情報。

諜海波瀾有交通

情報蒐集有諸多管道，至於張錫鈞彙整情報之後的傳遞工作——交通，則由張榮玉擔負重責大任。每天在外行走，傳遞情報的交通，稍一不慎就曝露身份，甚至因此招致殺身之禍。張榮玉是張錫奎的大兒子，生於一九一五年，在張錫鈞侄子輩中排行老大，是張家的嫡長孫。張榮玉於臺灣的公學校畢業之後，張錫奎基於民族意識與國仇家恨的心理，認為兒子已經可以獨立，乃趁著搭乘貨輪到香港接洽生意的機會，安排張榮玉同行，甫十二歲就偷渡到香港就讀英校。張錫奎經常往來大陸多個城市從事貿易，不可能在香港久留，因此張榮玉在陌生的地方，必須獨立生活，逐漸練就過人的膽識，不但積累廣泛的閱歷，加上受到英國教師多年薰陶，涵養出英國紳士端莊、自信、沉著、優雅，且不失高傲的氣質。讀完中學，張錫奎指示，到上海，跟隨二叔學醫、行醫。出身英校，說得一口漂亮的英國腔英語，英、美等國的病患多找張榮玉，溝通方便。就讀英校時曾讀過幾年法語，平常的法語會話，應對無礙，行醫時竟然派上用場，法國病患，當然找張榮玉醫師。在租界，洋人的圈子裡，張榮玉的醫術與語言能力，贏得好口碑，光華成了外國病患最多的眼科醫院。讀英校時，同學大多是廣東人，因此張榮玉也學會廣東話。熟悉閩南話、廣東話、上海話、普通話、日語、英語，法語，七種語言，戰地上海，情報鬥爭中，如此奇葩因應而出，真是大時代的造化。

光華眼科有三位張醫師，其中兩位分別擔任院長、副院長，張榮玉是侄子輩，也最年輕，因此，醫院的其他醫師、員工，以及熟悉的病患都暱稱張榮玉為「小張醫師」。看診時間，遇有通譯來訪，或張錫鈞外出時，患者就由張榮玉接手，一人勝任多種工作，一天改變多種身份，形同光華眼科、張錫鈞諜報網中稱職的「工具人」。工具人傳遞情報，每天經常七、八點才吃晚餐，真是枵腹從公的好模範。

小張醫師看診之後即變身為交通，不過擔任情報網的交通，並非一般人能夠勝任，除了膽識，還要有隨機應變的能力，這些，都是張榮玉的天賦，尤其是年少練就的基礎工，得能悠遊於上海諜報網。淞滬會戰隔年，一九三八年，一個初冬的夜晚，張榮玉套著大衣，掀起衣領，拎著黑色牛皮出診包，踩著金黃色的梧桐葉，一步一步，窸窸窣窣地響著。隨著步履，懷想范文正公「碧雲天，黃葉地」，空靈遼闊的氣象。一路上在盎然詩意的情境中準備遞送情報，不意，遇到日本憲兵盤查。戰爭陰影籠罩，寒冬暗夜，竟然獨自一人拎著大包包行走街上，可能幹不法勾當？日本憲兵當然盡責地攔下。張榮玉以日語從容地說：

「我是光華眼科醫生張榮玉，外出看診。」

張榮玉強調：

「光華長年免費醫治日本傷兵，請不要為難。」

但，憲兵基於職責還是要張榮玉配合，將手伸進大衣口袋裡掏一掏，接著，指示張榮玉敞開大衣鈕釦，前前後後摸摸襯衫之後，還指示張榮玉自行打開略呈三菱鏡形的出診包，一看，裡面真的只是一些眼科的醫療器具罷了。或許是張榮玉以日語解釋之後，憲兵虛應一番罷了，並不刁難。其實，張榮玉看到遠處有憲兵站崗時，已將空出的左手伸進褲袋，順手將摺疊妥當的紙張捏在手中。憲兵搜查的主要目標是手槍、手榴彈，既然搜不到武器，就放張榮玉通過。張榮玉離開前，憲兵善意地提醒：

「近幾天，晚上沒事不要出門，免得惹麻煩。」

憲兵的善意，張榮玉再三行禮致謝，回光華後，立即找張錫鈞，轉告憲兵的善意，言下之意，或許最近有狀況。

張榮玉來到上海之後，包括實習，都由二叔張錫祺親自嚴格調教，不但醫術了得，也傳承張錫祺的敬業精神。在光華看診之後，一到傍晚，張榮玉的角色在暗夜中轉換，擔負抄、送情報的重要任務。張榮玉低調，英勇地成就了張錫鈞諜報網的任務，如此貢獻，許多人看在眼裡。

由於張錫祺忙於教學，難得看診；張錫鈞在假日時，常常有通譯來訪，必須出面接待，為了佈署情報網絡，張錫鈞外出應酬時，張榮玉都立刻接手工作，幾無休假可言，不過，忙得有成就，而樂在其中。看診時間長，因此有機會醫治許多特殊的病患。特殊病患中，郭沫若是甲骨學四堂之一、中國科學院首任院長、毛澤東的詩友，晚年送給張榮玉一幅中堂，詩中「江山無限好，戎馬萬夫雄。國運昇恆際，清明在此躬」等文字，貼切地彰顯張榮玉在抗戰時期的英勇作為，以及卓越的貢獻。

酒色渲染諜報網

張錫鈞的情報網絡有不少來自臺灣通譯，為了更有效地佈建更寬闊的網絡，一九三八年夏天，主動從臺灣物色一流人選，好深入虎穴。從臺灣找人，主要的理由是語言能力，再則，日本軍方信任接受皇民化教育之後的臺灣年輕人。張錫鈞挑中的是李長年，李長年與張錫鈞認識於廈門，兩人都以光復臺灣為職志，加上年齡相近而結為異姓兄弟。李長年從小就學習多種武術，精於白鶴拳、太極拳，擅長散打與推手，在公學校時是柔道校隊，功夫了得，三兩人難以近身，更難得的是手槍精準，如此功夫，加上日語流利，最是日本高階軍官「貼身保鏢」的好人選。高幹的貼身保鏢經常可以聽到一些機密情報，因此找他到上海來，主動蒐羅情報。不過，從臺灣找好手來上海當保鏢，怎麼搭船離開臺灣？豈是癡人說夢？張錫鈞可出險招，要擔任日本十三軍翻譯的郭漢海拿了蓋有師長大印與私印的空白信箋以及信封，張錫鈞填寫後，寄到臺灣，「徵召」李長年。早先，張錫鈞要顏興到上海時，郭漢海仍未拜訪光華眼科，張錫鈞只能冒險利用一般信件，終究被查獲，連累顏興不但繼續困在臺灣，而且受苦多年。找李長年時，狀況已經不同。李長年接到來自「師長」的「徵召令」，一看，認出是兄弟張錫鈞的筆跡，立即直奔上海。

李長年的工作，張錫鈞請活躍於上海灘的洪安邦推薦。面談時，由於來自臺灣，接受日本教育，日語應答流利。可能的問話，早有題庫準備著，該當怎麼應答已有腹案。通過思想考驗之後，接著在武道場與幾位柔道黑帶高手過招。武道場鋪著榻榻米，場上幾位都穿著柔道衣的黑帶手，其中一位年紀稍大，留著短髭，應是「裁判」，幾位年輕高手一臉輕佻，或是心存卑視，並未借李長年柔道衣，李長年只好穿著短袖內衣上場。交手時沒有所謂的規則，由於李長年穿的是短袖內衣，柔道高手沒有衣服可抓，只能抓流著汗水，滑溜溜的手臂，但李長年太極拳推手的功夫了得，以鬆靈的肢體動作化解。柔道高手找不到著力點，不可能鎖得住李長年，遑論摔倒。而李長年卻在手臂可及的距離，以專擅的鶴拳，手臂上甩的瞬間，利用手指的尾勁擊打對手，近身時，則利用太極的推手化解柔道的糾纏。由於李長年存心表現，好通過考核，一拿住對手就發勁。接觸不過一兩分鐘，就將人彈飛出去。眼見三個日本高手被快速彈飛的難堪景況，裁判只有宣布停止，昂起頭說：

「無論哪一方勝，哪一方敗，都是大日本帝國子民的勝利。

「今天能夠發現武術高手，可以為帝國效命，真是可喜可賀之事。

「歡迎李君加入組織，期待李君而後好好保護長官，為帝國善盡責任。」

李長年拉高嗓門喊了一聲：「是！」並向裁判、幾位測試者逐一深深一鞠躬。

李長年禮數周到，多少抒解了這幾人慘遭擊敗的芥蒂。

通過考核之後，以保鏢身份順利進入日本特務單位——松機關。

松機關成立於一九三八年，是日本特務頭子土肥原賢二在上海佈署的四個特務機關之一，四個特務關的代號分別是：梅、蘭、松、竹。中國的四君子，梅蘭竹菊表徵的是讀書人的志節，日本軍閥竟然引用為特務機關的名稱。四君子中，「菊花」是日本皇室的家徽，不得僭越，因此以「松」取代「菊」。「松」在中國的詩文、繪畫的意蘊是高潔、堅韌、不屈不撓的特質，「松柏後凋於歲寒」，體現的是讀書人的節操。「梅蘭松竹」的命名縱然高雅，卻是日本侵華時的四大特務系統，更是戕害中國軍民的利器，如此命名，豈只反諷，更糟蹋了「梅蘭松竹」的意涵。由於「松機關」是特務機關的分支之一，李長年進入「松機關」之後，還伺機廣泛地交好憲兵隊，以及其他單位的長官，甚至甘為日本的鷹犬，刻意橫行上海灘，因此招來「漢奸」的罵名。然而，頂戴「漢奸」的頭銜，恰是李長年取得情報的絕佳「保護色」。

當「漢奸」，玩命的日子可不好過，李長年遇有機會就以醇酒、美人來抒解壓力，甚至麻醉自己，成了法租界朱葆三路酒吧的常客。即便多數酒吧不許中國人光顧，但李長年憑著日本特務的身份，總有辦法進去。酒，李長年還能夠適度控制，只喝到五分醉就不再喝，以免亂事。稍有酒意，就故意「發酒瘋」，有意無意地胡謅一通，尤其對女人摟摟抱抱的，縱然嬌嗔，縱然鶯聲不絕，但翻攪得全場熱情騰騰，大家暢快非常。如此縱情放任的場面，張錫鈞當場看過一兩次，心裡明白李長年演的到底是甚麼把式，遂放心地讓他「玩」。至於女人，因摟摟抱抱，李長年因此沾染不少胭脂白粉的纏綿。李長年身懷上乘武打功夫早已傳揚上海灘，長期習武所形塑的身材，加上接近權力核心等等，如此一般人少有的特質與條件，這，對於某些女性而言，如此男人可散發著難以抗拒的煽情與魅惑。偶有幾位女人為了討李長年歡心，在李長年面前吵架，有一回，吵得受不了，李長年竟然掏出兩把手槍，一手一把，猛然往桌上一拍：

「吵！吵甚麼吵？拿槍對幹吧！」

現場頓時安靜下來，時間好似僵住了。吵歸吵，吵完之後，終究得留下一位陪李長年渡過長夜。然而，酒盞搖晃，香汗淋漓之間，恰是陪酒女娘訴說「聽聞」的好情境，至於如何挑取，李長年自有拿捏。

李長年有位好搭檔，洪安婕——同樣來自臺灣。一九四〇年三月三十日，國民黨副總裁汪精衛在南京成立「汪偽國民政府」，洪安邦官拜少將，洪安婕是洪安邦的妹妹，兄妹在汪精衛陣營有廣闊的關係，因此長期活躍於上海。

洪安婕崇拜中華文化，曾經請託張錫鈞介紹一位中國文史的家教——中共地下黨員錢銘。洪安婕在光華眼科認識李長年之後，直覺李長年與哥哥並非同路人。李長年搞情報所培養的敏銳嗅覺，加上之前就耳聞洪安婕私下學習中國文史，因此逐漸信任洪安婕的政治立場。洪安婕與李長年合作，依循汪偽官員的管道，蒐集情報，成了張錫鈞情報網絡中特殊、亮眼的一對組合。

汪偽政府成立不久，政壇盛傳，國民政府軍統局在上海有暗殺漢奸行動，洪安邦是目標之一，洪安邦乃向日本軍方尋求協助，並指定李長年擔任貼身保鏢，要李長年隨時跟在身邊。晚上，李長年就睡在洪安邦的隔壁房間，好二十四小時護衛。有天深夜，洪安邦喝完酒後，帶回一件公文，一進臥房，倒在床鋪之前，並不放在桌上，不尋常地先收進抽屜裡。李長年退出後，要洪安婕行動。待洪安邦打鼾聲逐漸放大，洪安婕光著腳走進房間。房間裡鋪著暗紅色地毯，貼著床鋪邊的地毯上，鋪了一張四肢俱全的虎皮，虎頭朝向房門，乍見之下，滿頗駭人的。洪安婕行走地毯，並不發出聲響，何況洪安邦醉酒之後，已經睡熟。洪安婕取出公文即退出，交給隔壁的李長年，李長年拿出特殊打火機，一張一張拍照。洪安婕整理公文時一看竟然是重要情報：一件是暗殺蔣介石計畫，重慶醫院的傷員中已潛藏三十餘名日本特務，伺機暗殺蔣介石；另一件是日軍密碼。可是諜海報生涯中最重要的兩件情報，兩人高興得擁抱在一起，幾乎叫出聲來。洪安婕將公文妥善地整理後，裝回原來的信封。退出臥室，對等在門口的李長年說：

「我房間裡有威士忌，喝一杯，慶祝慶祝。」

暗殺漢奸的風聲逐漸淡去之後，洪安邦覺得，每天二十四小時有人近身跟著，甚至晚上也睡在隔壁房間，不但有被監視的感覺，而且有強烈的壓迫感，尤其晚上到酒店應酬時，身旁緊跟著保鏢更礙事，遂將李長年交回給日本軍方高層。李長年因此成為日本海軍第二艦隊司令艦「出雲艦」副司令，山田大佐的貼身保鏢。

司令艦副司令，身份特殊，張錫鈞為了保護李長年，不能不佈局周全，決定親自出馬，要李長年安排「巧遇」山田，直接與山田見面。地點，李長年選在公共租界的金門大酒店一樓。金門大酒店重新裝潢後，於一九三九年更名，配合重新開幕，推出新菜色，吸引不少客人嚐鮮。司令艦副司令偶而到豪華飯店用餐，再自然不過的事。李長年與山田到酒店坐定之後大約十分鐘，張錫鈞才進酒店，一進大廳就駐足，四處張望。李長年一看到張錫鈞，即起身招呼，並低聲向山田報告，這是來自臺灣，光華眼科的張副院長，光華長期免費為日本軍人看診。

李長年高聲問道：

「張副院長找朋友嗎？」

張錫鈞一看到李長年的聲音，邊走邊說：

「酒店前幾天才開張，聽病患說，佈置得非常精美，特地來看看。」

待張錫鈞走近，李長年簡單介紹山田與張錫鈞相互認識。既然不是約人一起吃飯，李長年「機靈地」建議：

「山田先生，我們只有兩人，是不是請張先生一起來？讓張醫師認識認識大人。」

山田示意後，張錫鈞先向山田一鞠躬才坐下，一坐下就談到對於酒店的第一印象：

「從街上一抬起頭就可以看到大樓仿歐洲教堂造型，精細的鐘塔，非常搶眼。一進門的電梯間，兩側厚重的大理石上佈滿精細的雕花，厚重中見柔美，很好的構思，真是個處處見巧思的好地方。」

張錫鈞看得仔細，看出門道，也展露他對建築的鑑賞能力與品味。可見來酒店，並不唐突。張錫鈞接著說：

「來酒店，除了看看場地，主要是想試試菜色，如果口味好，以後好招待客人。

「第一次來酒店，很榮幸能夠與大佐共餐。」

說話的同時，張錫鈞很自然地起身，再次向山田一鞠躬後才接著說：

「李先生都陪同副艦長來了，菜一定很道地。」間接恭維山田。

語言溝通無礙，加上張錫鈞屈意奉承，因此初次見面就交談愉快。山田知道張錫鈞的二嫂是馬場大佐的女兒後，主動說，一定擇日登門拜訪馬場女士。離開前，張錫鈞順勢站起來，行禮後說：

「這次由長官作東，下次，還是在金門大酒店，懇請長官允許，讓草民作東。」山田答應後，一回到醫院，張錫鈞就告訴張錫祺，山田大佐將來拜訪二嫂。張錫祺建議，邀請山田來家裡晚餐。張錫祺瞭解，日本人不輕易邀請客人到家作客，邀請客人在家裡用餐，表示主人對客人的無比敬重，視客人為自己家人，而且，以張錫祺夫婦的份量，夠資格宴請山田大佐。張錫鈞在金門大酒店作東、聚餐時，與山田敲定，下個星期天傍晚六點鐘，光華眼科見。這是張家落腳上海近十年，第一次在家裡正式設宴款待客人，而且是日本海軍軍艦副司令，不能不慎重以對！一回到家，立即告訴二哥、二嫂與太太，山田確定來訪的時間。

隔天早上，妯娌兩人討論烹調的菜色之後，擬妥採買單，帶著張錫祺的女兒秀蓮，還要榮玉同行，一起到日軍占領地去。購買：蕎麥麵、柴魚片、板海苔、小魚乾、山葵，以及一甕桶裝白鹿樽酒、兩瓶龜甲萬醬油、一大甕味噌、一瓶番茄醬。馬場先將酒、醬油、味噌、番茄醬等，分裝到三個袋子。酒，張榮玉掛在肩上，手拿著醬油與味噌，其餘，比較輕的，秀蓮提著，兩人先行回去。妯娌倆轉到石庫門的菜市場，選購小黃瓜、胡蘿蔔、蘿蔔、青蔥、大蒜。一回到家就開始準備，洗淨蘿蔔，一條橫切一半，不去皮，再縱切成十六等分，曬乾，另一條留著。味噌挖出部分放在碗裡，十六條蘿蔔塞進味噌裡，醃著。山田來訪的兩天前，將小黃瓜浸泡在洗米水中。當天清早，妯娌倆再到石庫門買小白菜、胡蘿蔔、一條里脊肉、一塊三層肉、一尾大草魚，以及豆腐。小白菜洗淨後灑點鹽，一層疊上一層，平鋪之後，用石板壓著，石板上還壓著裝滿水的小水桶。里脊肉橫切成近半公分厚的肉片，肉片拍打後抹點鹽。三層肉去皮，切成約三公分大小的薄肉片。草魚截取魚腩，挑出骨頭，其餘，頭、尾、魚骨，以及豬皮，準備熬湯，放豬皮一起熬是為了增加湯的濃稠度。胡蘿蔔洗淨切絲，準備和麵粉，炸天婦羅。這些，都先放進冰櫃裡。

下午約三點半，妯娌倆開始烹煮，先熬湯，一瓶醬油與一包柴魚片，一起放進大鍋，加糖水，一起熬柴魚湯。魚骨頭、豬皮在另一個鍋裡，慢火熬。熬湯時，洗淨青蔥與去皮的蘿蔔、胡蘿蔔。胡蘿蔔切絲，蘿蔔一段切絲，一段磨成泥。蔥尾細切，其餘切段。小魚乾洗淨，煮味噌湯。柴魚湯與骨頭湯放涼後，濾掉柴魚與魚骨、魚肉、豬皮，柴魚湯放進冰櫃，山葵洗淨擱在板子上。蕎麥麵汆燙，放涼後，麵裡放些碎冰後也放進冰櫃。接著處理浸泡的小黃瓜，先洗淨，瀝乾，一一用菜刀拍打，切段之後分裝在兩個碟子，小黃瓜上灑些板柴魚、切碎的大蒜，淋上柴魚湯。鹽漬、壓過，呈墨綠色的小白菜洗淨，瀝乾後切段，分裝在四個淺碟子，小白菜上頭也淋上柴魚湯，醃過的蘿蔔條切成約一公分小塊，不加調味料。約五點四十五分，開始油炸胡蘿蔔天婦羅，接著，肉片沾麵粉、蛋液後也入鍋油炸，最後是清蒸魚脯，一塊塊魚脯間填塞蔥尾。近六點時，大致準備妥當。

六點，山田、李長年搭乘吉普車，準時來到光華，張錫祺兄弟與張榮玉已站在門口恭候貴客。張錫祺領著山田進到醫院，候診室兩側掛著兩件梅原龍三郎不久前在北京寫生的五號風景油畫。之所以買梅原的畫，乃因張錫祺留日時的舊識，出生臺南，在北京任教的郭柏川推薦而購買四件，另兩件掛在二樓、三樓會客室。梅原的畫，筆觸流利，流動的重彩，意象強烈，是後期印象派風格的傑作。正對大門，掛著馬場大佐的照片。山田一進門看到馬場大佐的照片，「叩」一聲，腳跟併攏，向前鞠躬致敬，繼續往前走之前，左右看了看梅原龍三郎的畫。吉普車在門口等著，並沒有回部隊，張榮玉安排司機在候診室休息，用餐，小桌子上已擺著幾盤菜餚和米飯。

候診室接掛號處，接著是四間診療室。醫療設施都設置在第一進，走出診療室是一處天井，天井左側有三疊舊紅磚疊高近一米，上頭橫放著一塊長約三米，厚十五厘米，寬四十厘米的石板，紅磚與石板上爬上點點青苔，青苔夾雜著幾支細小的鳳尾蕨，或是上任屋主留下的舊物。石板上擺放五盆栽種不久，矮小的松樹盆栽。穿越中庭時，山田稍放緩腳步，看了看盆栽。穿過天井是格扇敞開的餐廳，餐廳後面是廚房，餐廳進入廚房門前，有原木色的如意結鏤空屏風區隔裡外。由於是家人用餐的地方，並沒有特殊的陳設，略顯昏黃的四面白牆上各掛著一件扇形，香樟木原色，梅、蘭、竹、菊鏤空雕屏。餐廳上方有貼著天花板的吊扇，吊扇下接奶油型吊燈。地面鋪設八角形，紅、白斑駁的洗石地磚。中央擺著一張大圓桌，可以坐十位，宴請山田，只寬鬆地擺了八張椅子。寬敞的餐廳兼客廳，左側，緊貼牆，擺放兩張明式茶几，茶几旁各有兩張明式圈椅。

一起用餐的有：山田、李長年，與張錫祺夫婦、女兒秀蓮、張錫鈞夫婦、榮玉，總共八人。八套黑檀木未上漆筷子擱在白瓷枕頭狀的筷子架上，還有尖形瓷碗、小酒杯，及小碟子。

大家入座後，山田說：

「這是我第一次到中國人的住家，好氣派，好雅致，與日本和室的風味迥然不同，可見兩位夫人的品味。」

張錫祺回說：

「和室原木構造所營建的樸素、典雅，洋溢著靜謐的氛圍，非常吸引人，留學日本那幾年，深深愛上置身於和室時的感覺。」

兩人相互恭維，客套一番。山田接著說：

「剛剛看到梅原龍三郎的畫，醫院裡有梅原的作品，真真不容易。

「典藏日本當代大畫家梅原的作品，好眼力！好福氣！」張錫祺略顯靦腆地回說：

「朋友介紹的，捧朋友的場。

「應該佩服的是副艦長過人的藝術修為，真是文武全才！」

兩人談論藝術時兩妯娌端出小菜：小黃瓜、小白菜，以及清蒸魚腩，先上清淡口味的菜，接著端出口味稍重的天婦羅，以及沾天婦羅的柴魚湯、蘿蔔泥與番茄醬，菜放好之後，兩妯娌才入座。小黃瓜、小白菜、蘿蔔塊、天婦羅，沾天婦羅的蘿蔔泥、柴魚湯，都是日本的家常菜，離鄉多年的山田一看，臉色微變。此時張錫祺捧出白鹿樽酒，打開草繩後，大家歡歡喜喜恭請山田毳開木蓋。張錫祺拿杓子將清酒裝進酒壺後為大家斟酒，秀蓮以外，一起乾第一杯。張家三位男士，對山田、李長年，分別敬酒。喝完第一杯酒後，張錫祺介紹幾樣小菜的製作方法，以及特殊的風味：

「醃過的小黃瓜依然清脆，且微帶酸甜。鹽漬過的小白菜，依然保持原來的味道，加柴魚湯、柴魚片，更突顯其美味。醃蘿蔔，浸在味噌裡多天，味噌的甜味已滲進蘿蔔裡，脆而甜。」張錫祺強調：

「這三樣都是下酒的家常小菜，看似平淡，但製作時內子與弟妹可是花了點時間。都是日本風味，副艦長應可以適應，希望長官喜歡。」

小菜吃過一輪之後，再次端出八塊炸里脊肉，可以自行選擇沾番茄醬，或蘿蔔泥，也是日本風。接著，兩位妯娌又進廚房去，一位煮味噌湯，一位炒豬肉蔥。先端出豬肉蔥，張錫祺解釋說，這是閩南的家常菜，很適合下酒，閩南菜偏甜，應該適合日本人口味。山田第一次品嚐豬肉蔥，讚美是人間美味，痛快之餘，和張錫祺兄弟連乾兩杯。繼續端出下酒小菜：小黃瓜、小白菜，還有滾燙的味噌湯，味噌湯同樣是日本風。味噌湯的湯底，加上小魚乾、蘿蔔絲熬煮之後，湯益顯甘甜。幾杯下肚的山田，一喝，直說：

「比我家鄉的味噌湯還美味。」說完，又乾了兩杯。最後一道是蕎麥麵，與冰涼的蕎麥麵同時端出的有柴魚湯一大碗，蔥花、山葵泥各兩碗。張錫祺太太為大家夾麵之後，請大家自行添加配料與柴魚湯。山田嚐了一口，整個人竟僵住了，低著頭，頓了少說五、六秒鐘，稍鎮定之後，控制著情緒，緩緩地說：

「這和家母做的蕎麥麵簡直同一口味。」說完即起立對兩位太太致謝：

「真是溫馨的晚餐！打擾太多！打擾太多！感謝兩位賢慧的夫人！真是溫馨晚餐！」山田再三鞠躬致謝，很自然地流露出日本人多禮的特性。

既然與張家已經是通家之好，再則，或是為了炫耀權勢，山田邀張錫鈞參觀停泊在黃浦江下游西岸，匯山碼頭的出雲艦，還留張錫鈞在艦上晚餐、喝酒。山田不好女色，但晚上喜歡有人陪他喝幾杯，在自己的軍艦上，更放得開，乾了幾杯之後，話漸漸多起來，音量也變大。張錫鈞瞭解日本人的習性，任由山田宣洩軍人的高傲，甚至展現武士的威儀。

既然登上出雲艦，張錫鈞除了想看清楚艦上的設施，最大的期待是，哪天如何炸沉出雲艦——對他而言，即便是不可能的任務。

張錫鈞與山田大佐時相往來，山田還到光華用餐，這些訊息傳出去之後，日本軍方對張錫鈞，對光華醫院當然禮敬有加。光華眼科有尊門神守護，妖魔邪神卻步，如此景況，更方便臺灣通譯自由到光華走動。

有天，李長年護衛一位來自臺灣總督府特派員，拜訪光華眼科。意外的是，這位特派員竟然是當年高雄州的特高科長佐藤，顯然是刻意來「看一看老朋友」，瞭解張家兄弟的現況。

佐藤意外來訪，張錫鈞一見，先是愣了一下，隨即鎮定地笑臉迎客：

「竟然是佐藤先生！喔！十年！離別好像有十年了吧！大人不改當年英氣，可喜可賀！賀喜大人高升到上海。」

佐藤一見張錫鈞就笑容滿面地說：

「張先生在上海真是大大有名，好幾位長官對光華眼科，對於三位張醫師的醫術、為人，尤其是免費醫治日本軍人，都非常肯定。真真感謝張醫師長年的慷慨與友善！」佐藤刻意行禮致敬，張錫鈞當然客套地虛情假意：「為帝國服務，應該的！」

佐藤接著說：

「奉臺灣總督府之命到上海來，主要的目的是瞭解臺灣人在上海的生活情形，有哪些需要協助的。張先生不但來自臺灣，又是上海的名人，因此專程前來拜訪老朋友，應該可以提出許多具體的見解，相信有助於報告的撰寫。」佐藤顯然話中有話。

「離別近十年，難得在上海與老朋友重逢。初到上海，對上海的景況完全不瞭解，路怎麼走？東西南北到現在還搞得暈頭轉向的，所以特別麻煩李君帶路，拜訪老朋友。

「大家是老朋友，以後希望院長和副院長好好指點，好好配合。

「難得在上海與故人重逢，請張醫師賞光，一起到飯店用餐。」

佐藤笑臉盈盈，嘴巴說「老朋友」，而且請吃飯，張錫鈞當然非常清楚佐藤的真面目，尤其來光華是何居心。有鑑於佐藤回去之後所撰寫的報告，如何評斷張家兄弟，不但影響光華眼科的營運，最嚴重的是，決定張家能否繼續留在上海，因此兩兄弟不能不虛情假意一番。「相逢一笑泯恩仇」，何況是早已交過手，別有居心的日本特務，豈能不花點時間，好生應付？

用餐時，佐藤先提起舊事：

「當年對兩位張醫師不禮貌，特別向兩位道歉。」張錫祺連忙回說：

「說甚麼道歉？大人忠於職責，公正執法，展現的正是日本人值得尊敬的行事風範，如此作為令人感佩，值得學習。

「草民在日本讀了幾年書，非常清楚日本人的敬業精神。忠於職責，盡本份，如此做人的美德，值得學習。大人何道歉之有？何道歉之有？大人言重了！

「沒想到在上海竟然有緣與大人重逢，再高興不過了，還讓長官破費呢！真真愧不敢當。請容許改天由小弟作東，回請大人，同時恭賀大人高升，請您務必賞光。」

張錫祺作東，在飯店回請一次之後，以為事情應該了結了吧，不意，佐藤在未事先告知的情況下，以拜訪張錫祺夫人的名義，再次來到光華眼科，態勢很清楚，無非是「突擊檢查」，瞭解醫院的狀況。佐藤已來過一次，掛號室的小姐認得，佐藤表明來意之後，小姐立即通報張錫鈞與馬場女士，張錫鈞將患者交給張榮玉。佐藤來得唐突，意圖卻很清楚，張錫鈞刻意緩個三、五分鐘才出去見佐藤，邊走邊說抱歉：

「失禮！失禮！因為看診的關係，讓大人久等，真真失禮！讓長官大人等候，真真失禮！」

兩人一前一後走過診療室走廊，穿過天井，直接進到客廳，馬場女士也同時來到客廳。三個人坐下後，馬場滿臉微笑地對佐藤恭維一番。佐藤離開之後，光華上上下下心裡有數，必須提高警覺，防佐藤隨時來突擊檢查。

德國著名哲學家尼采，於一八八八年出版的《瞧，這個人！尼采自傳》，曾預言：將來會有許多戰爭，而且是這個世界上從沒有見過的。不意，一九一三年就發生第一次世界大戰。一九一七年大戰結束，一九三九年九月一日，德軍以閃電戰術入侵波蘭，歐洲大陸爆發大戰，進而引發二次大戰，一直到一九四五年八月十五日才結束。近六年期間，保守估計有七千萬人死亡。中國對日抗戰，約一千八百萬人死亡。

歐戰爆發之後，英法軍隊對德作戰失利。一九四〇年五月十三日，力主對抗希特勒的邱吉爾取代張伯倫接任英國首相。五月底，英軍準備渡過英吉利海峽，撤退回國，渡海之前，幾十萬部隊與民眾集結在海峽邊，法國北部的港口敦克爾克。希特勒看準殲滅敵人的大好機會，派遣轟炸機前往轟炸。情勢急迫，英、法動員軍民，利用各種大大小小船隻，從五月三十一日到六月四日，五天五夜，總共緊急撤退三十三萬八千餘名英、法兩國軍人與平民，是戰爭史著名的「敦克爾克大撤退」。英國退出法國，希特勒原本以為英國將被迫投降，但新上任的首相邱吉爾拒絕屈服。八月二日，希特勒遂發動「不列顛之戰」，先是密集的轟炸，但德國空戰失利，德國軍戰機大約兩千架被擊落，英國損失戰機九百架。德國不但沒能夠掌握制空權，海軍更難以跨越英吉利海峽。希特勒不得不於十月十二日放棄入侵英國，強迫英國投降的計畫。

西邊戰場，不列顛之戰失利之後，一九四一年，希特勒決定揮師東方。六月二十二日，德國片面撕毀與蘇聯簽訂的「互不侵犯條約」，執行「巴巴羅薩」行動，傾全力進攻蘇聯。希特勒的佈署，北起波羅的海，最南到黑海，長達一千八百公里的戰線，分北、中、南三路同時進擊。總共出動兩百六十萬軍隊，三千六百輛坦克，以及兩千七百架飛機，以「閃電戰」配合優勢的戰力，襲擊蘇聯腹地。希特勒的策略是，快速殲滅蘇聯軍隊，進而結束歐洲東戰場。

德國發動對蘇聯的戰爭之前，曾邀同為軸心國的日本從中國東北，揮師北上西伯利亞。希特勒的構想是，德、日兩國，同時從東、西夾擊蘇聯，逼迫蘇聯兩面作戰，兵力分散，可以更容易擊潰蘇聯。奈何日本另有盤算，導致蘇聯可以傾全力對抗希特勒，竟而影響整個戰局。

早在蘆溝橋事變發生，中日全面開戰之後，日本軍方就分成北進與南進兩派。親德國的北進派，主張關東軍侵入西伯利亞，可以奪取豐富的石油與糧食等戰略物資，對日本的國力強盛大有益。一九三九年五月，日本曾經北進，以外蒙古邊境，哈拉哈河到諾門罕一帶的領土糾紛為籍口，發動戰爭。日本與蘇聯總共派出約近十五萬大軍，出動數百架飛機、坦克，以及火礮部隊。蘇聯由二次大戰名將朱可夫領軍，兩軍交鋒近四個月之後，日軍被殲滅。史稱哈拉哈河戰役，或諾門罕戰役。

北上既然失利，於是南進派抬頭。一九四一年，希特勒「巴巴羅薩」行動之前，雖然德國曾邀日本夾擊蘇聯，但此時北進已然挫敗，南進的政策業已確定，並著手啟動太平洋戰爭，以及偷襲珍珠港的當下，已不可能分散兵力，配合希特勒進攻西伯利亞。

擺盪在日軍北上，抑或南下的這段猶豫期間，張錫鈞頻頻接收到零零散散的相關情報。情報即便零散，但仔細彙整，交叉比對，再經判讀之後，不無可能爬梳出日軍戰略的大致方向。

一九四一年春天，黃建中所提供的情資，主要是戰場的佈局，例如：關東軍在中國東北的部署，已有變化，逐漸調到南方。這些，可以供張錫鈞參酌其他資料，例如，上海的人員、物資運送等的報告等，彙集、分析之後，不難掌握日軍新近的動向。

其時，局勢已經很清楚：如果日本繼續北進，攻擊強敵，關東軍怎麼可能逐漸移防南方？大軍往南調動，顯然，日本的目標已經不再針對蘇聯。張錫鈞研判：這對蘇聯可是非常重大的訊息。既然蘇聯可以不再東西兩面同時作戰，然則，遠東的多數兵力可以調往歐洲戰場。這份直接關係到歐洲戰勢，乃至對整個世局有深遠影響的情報，總結之後，吳成方一來光華，張錫鈞即當面交給他。吳成方將資料傳到延安，再轉給蘇聯大使館。

當德國開始「巴巴羅薩」行動，數千坦克車同時前進，輾壓東歐戰場的當下，益見這份情報的珍貴。

幾個月之後，一個盛夏的黃昏，吳成方又在固定的時間來到光華，之前都兩手空空而來，這回，很不尋常的是，竟然捲曲左手，握著一大捲米黃色油紙包裹，約一米長的東西，時而換到右手，可見那卷東西是有一點份量。在三樓病房，張開一看，原來是一幅四十號，寫實主義風格的油畫。吳成方解釋說：

「這是近代歐洲名家的畫作，油畫來自蘇聯政府高層，交由蘇聯大使館後，輾轉送來的。

「張醫師上回提報，日本放棄北進的情報太珍貴了，蘇聯高層非常感謝。

「大使館說，原本要送一只鑲嵌史達林照片的紀念金錶，詢問大使館意見。大使館擔心，鑲嵌史達林的照片，可能害張醫師招惹大麻煩，向上級反映後，改送這件傑作，聊表謝忱。

「希望張醫師喜歡。」

這是張錫鈞投入情報戰場以來，第一次因情報接受「饋贈」，感激再三。其實，張錫鈞偏好中國的書畫，他親自從廈門迢迢千里帶來上海，張瑞圖的扇面就掛在他的診療室。字畫與油畫，或淺絳山水與油畫，兩者氣質的落差，在他心目中實難以相容，遂轉送給喜歡油畫的張錫祺。

放棄北進，日本確定南進策略，南進的原始訊息來源之一是隱藏在日軍高層的黃建中。至於南進的第一擊，竟然是偷襲珍珠港。

祖籍臺灣的黃建中，公學校畢業之後就跟隨家中長輩一起到南洋學做生意，曾經來往南洋多個地方將近十年，對於東南亞的風土民情相當熟悉。因為如此經歷，中日全面開戰之前，曾被日軍派往中南半島採購軍糧。一九四一年夏天，黃建中頗感困惑地告訴張錫鈞：

「日軍又要他到南洋購買米糧。」

兩人都瞭解，近三、四十年以來，日本從臺灣、朝鮮持續榨取大量稻米。入侵中國之後，從中國奪取更大量的糧食，糧食已經很充裕，為何還需要到南洋採買？兩位高人都直覺，中國戰場之外，其他地方應該即將有事。至於新戰場，兩人不約而同地——手指南方。

派駐日本海軍武官府的王炳南與張錫鈞閒談時提起：五月以來，武官府的高級長官經常集會，開會時，還有專程從東京來的，總共大約四十人，顯然即將起風雲。

經常邀張錫鈞喝兩杯的山田大佐，打從入春以來，安靜得異乎尋常。張錫鈞就近來多位友人描述的情境，知道一定有事，於是要李長年安排，在老地方金門大酒店，三個人一起晚餐。幾杯下肚之後，張錫鈞隨口問候一句：

「上回見面，好像將近兩個月了，多日不見，大佐先生忙些甚麼？」
山田幽默地回答：
「張先生是醫生，每天盡責地看病，醫好病人。我是軍人，每天也是盡本份地思考，仗怎麼打贏，怎麼快速擊敗對手。」
幾天前，張錫鈞收到來自臺灣，臺灣革命黨成員，返鄉探親的陳建平一封問候信。信中帶到一些家鄉事，提及近來有不少鄉親被徵召服勞動役，整修屏東軍用機場跑道。挑土鋪地，拖拉巨大石輪輾平，壓實跑道。
來自多方的訊息，張錫鈞研判，南洋即將有事。不意，意然有更重大的戰役先行引爆。
一九四一年秋天，日本御前會議，確定日本帝國與美國必將一戰的國策綱領。由佐爾格的拉姆扎釋出，重建會議現場景況的重點：聯合艦隊司令山本五十六並不主張與美國為敵，而內閣首相近衛文麿也主張與美國和談，但陸軍大臣東條英機強力主導下，通過對美開戰。發動對美戰爭的決策一形成，氛圍立即凝結的情境下，忽地，裕仁天皇低沉地吟誦蘊涵晦澀的一句詩：

「風浪因何逼蒼生？」

學生時代曾傾心於馬克思主義，具世界觀，對世界情勢頗瞭解的近衛文麿，因主張與美國和談而被迫辭職。

此次御前會議的結論是尾崎、佐爾格被捕之前，最後一次傳送的訊息，而且是拉姆札組織最重要的一份情報。鈴木在國泰大戲院彈子房，與張錫鈞，兩人最後一次見面，握手道別時，從手掌心傳給張錫鈞一張折疊的小紙張，原來是御前會議的結論——偷襲珍珠港。

日本高級將領對於與美開戰，御前會議討論時，意見並不一致。曾經留學美國哈佛大學的山本五十六，瞭解日本與美國兩國的國力、軍力，差距太大。在會中，不諱言地告訴那些主張對美國開戰的將領：

「請數一數，到底美國有多少煙囪？日本有多少煙囪？國力等同戰力，日本與美國，國力懸殊，仗怎麼打？」

既然內閣已經決定與美國開戰，身為聯合艦隊司令，有備而來的山本五十六乃當場提出首要戰略目標：

「偷襲美軍太平洋總部珍珠港。」

原來山本參加會議之前，對於是和，是戰，已經擬妥幾個不同的方案。既然決定對美國開戰，即提出偷襲珍珠港的計畫，其目的在一舉澈底襲潰美國在太平洋的海軍，逼迫美軍退回到南加州的聖地牙哥基地，將整個太平洋，日本「領海化」。計畫一攤開，靈臺蒙蔽的一幫武夫都稱快不已，不過，他們設想所不及的是，偷襲珍珠港，無異自掘墳墓，日本因此踏上覆亡之路。

偷襲珍珠港的日子，竟然被張錫鈞給「猜中」。

一九四一年十、十一月間，從駐紮上海日本軍人絕少放假外出，忙於軍艦維護等等景況，還有，黃建中被派到南洋去採購，加上出雲艦山田大佐密集開會的諸多不尋常的現象，張錫鈞認為，另一場大戰即將爆發，也印證鈴木的情報——偷襲珍珠港的日子近了。可是，到底哪一天對美開戰？如此決定世界大局的謎底，竟在把酒時，妄語之間抖出！

情報雖然已經確定，日本即將對美開戰，但，到底哪一天開戰？由於拉姆札組織的情報網絡已網破人亡，不可能再有御前會議的任何消息，因此，到底哪一天開戰？

只有靠研判，張錫鈞連續幾天，苦思不得。有天，張錫鈞與吳成方一起拜訪張錫鈞照顧過的病人，洪門的高漢生。一進門，恰有幾位洪門弟兄聚在高漢生家靠門的桌子喝酒聊天，沒事喳呼，趁著酒興竟胡亂打賭：

「當代的戰爭都在星期天，放假、休息的日子，趁大家精神鬆懈的時候開打。不信？請看看，不久前，希特勒的『巴巴羅薩』行動，發動侵略蘇聯的戰爭，開打那天——六月二十二日，不就是禮拜天！」

真是無所不賭！連開戰的日子也賭。

喝酒、打賭，賭戰爭開打，卻觸動了張錫鈞敏銳的神經：

「珍珠港之戰，應該選在禮拜天開打！」

一九四一年十二月一日早上，外灘公園有幾位本地人，稀稀落落地沿著江邊來回散步，其中，有對父子手牽著手，配合孩子的步履，由南往北緩步慢走。父親頭戴圓盤帽，身著長袍，兒子身穿棉襖，頭戴毛線帽，脖子上圈著圍巾，由於天冷，直瑟縮著頭。原來是張錫鈞帶著兒子榮權，頂著略帶油味的寒風，走走停停看看，兩人還不時拍打身體，做做體操，活動筋骨也禦寒。行走時，張錫鈞一直盯著停泊在黃浦江上，直冒煙的日本軍艦。由於天冷，擔心兒子著涼，在堤岸上只待了近半小時就離開。

既然十二月一日沒有動靜，應該是下星期，中國時間十二月八日，夏威夷時間七日，星期日？之前已確認日本將發動對美國夏威夷的戰爭，就差確定的日期。當天傍晚，張錫鈞即上報。但，美國對於多次有關日本發動夏威夷戰爭的情報，不知因何緣由，好像都不聞不問。

十二月六日下午，張錫鈞提前離開醫院，又來到外灘公園，恰好看到出雲艦已起錨，停在黃浦江，即將出航。既然看出名堂，張錫鈞乃直接趕回醫院。不久，李長年竟然也來了。李長年一臉陰沉地說：

「山田說，有重要任務，即將離開上海，不克一一道別。為了向大家致歉，回上海，一定請大家一起晚餐。

「起錨之前，山田以軍艦出海，不再需要貼身護衛的理由，一臉嚴肅地命令我下船，還盯著我走下階梯，待階梯收了才轉身。」

李長年沉鬱地說完，與張錫鈞一致結論：

「南洋有事！」

張錫鈞心想，後續，南洋、太平洋的大戰，勢將由偷襲珍珠港揭開序幕。李長年走後，張錫鈞快速將黃浦江所見，包括日本在夏威夷時間七日開戰的結論，再一次上報。忙完後，張錫鈞心想，軍艦上不需要通譯，臺灣來的好友們，應該都留在上海，不至於出海吧！張錫鈞心裡了然，此時隨軍艦出海，只有與軍艦共存亡——死路一條。

夏威夷時間七日八時，日本出動六艘航空母艦，兩艘戰艦，三艘巡洋艦以及十一艘驅逐艦，由航空母艦上的三百六十架飛機負責執行襲擊珍珠港任務。反觀美軍，照常休假，沒有絲毫作戰氛圍。即便清晨時，美軍逐艦已擊沉一艘日軍潛艇，雷達站也已經發現日本軍機，這些都已陸續上報，但是珍珠港的美軍高層都不當一回事。竟而任令日軍空襲，總共重創美國十八艘戰艦，摧毀一百八十餘架戰機，軍人與平民有兩千四百餘人死亡，一千餘人受傷。珍珠港遭偷擊，重挫美國海軍。日本取代美國，高掛太陽旗的軍艦一時縱橫太平洋上。

不過，偷擊行動並非完全成功，日本軍機發動兩波轟炸，持續一小時五十分鐘即停止，結果，太平洋艦隊旗艦賓夕法尼亞號僅受輕創，船塢與石油儲存庫更完好無損。原本停泊珍珠港的軍艦中，有兩艘航空母艦恰好出港演習，幸而逃過劫難。軍港設施與重要軍艦倖存，對於美國海軍的戰力，乃至以後的太平洋戰局的演變影響重大。事實上美國海軍並未被擊潰，日軍此次襲擊，顯然與山本五十六：「皇國興廢，繫於此戰，各官兵必要盡其職，鞠躬盡瘁！」的期待，有相當大的落差。

張錫鈞認為，多次發出日本偷襲珍珠港的情報，美國大使館應該早已循多種管道送到美國高層。中國時間，八日，張錫祺、張錫鈞、張榮玉等家人一起晚餐時，張錫鈞提起日本偷襲珍珠港，美國傷亡慘重，困惑的是他曾一再傳送相關情報，美國大使館一定收到，因何任令珍珠港被偷襲？張家幾個人的共同結論是：

「美國刻意讓日本得逞。」

偷襲珍珠港，難堪的日本駐美大使野村吉三郎，發動戰爭之後，才遞交宣戰聲明書。美國羅斯總統當面斥責野村吉三郎，日本偷襲的行徑「醜惡至極」。美國國會順應立即對日開戰的沸騰民情，偷擊珍珠港的隔天，十二月八日，決議：「對日宣戰。」

由於已有戰略規劃，與偷襲珍珠港幾乎同時爆發的是，日軍登陸菲律賓，史稱：「二次大戰第一次菲律賓戰役」。歷經三個月交戰之後，一九四二年三月中旬，美國遠東陸軍司令麥克阿瑟將率領多數軍隊撤出菲律賓，轉往澳大利亞。日本占領菲律賓後，一九四二年占領印度尼西亞與中南半島，以及太平洋多個島嶼。一九四〇年秋天至一九四二年初，日軍陸續占領越南、泰國、馬來西亞，接著入侵緬甸。

偷擊珍珠港之後，初期的戰役，即便盟軍潰敗，但美國以雄厚的國力作後盾，以強大、優勢的海、空軍壓制下，逐漸扭轉戰局，太平洋地區的日軍終究為麥克阿瑟殲滅。

之後幾年，太平洋地區戰況的演變，看似簡單，然而，偷襲珍珠港的當下檢討戰情，張錫鈞卻以沒能即時防止美國軍民大量死傷，竟因此處罰自己，「放假」三天，「放空」自己。這三天，張錫鈞持續觀察黃浦江上的變化，針對近幾年的世局，尤其個人的所作所為，沉潛地省思一番：

光是他的友朋，有多少人抱持報效國家的信念，無視生命危險，投入情報工作。情報原本可以減少殺戮，確保多少寶貴的生命。遺憾的是，這些人不惜身家安全所傳輸的珍貴情報。當面對「鬥爭」的天秤，一邊是政治的法碼，天秤另一邊，情報的意義到底安在？

偷襲珍珠港的情報，張家兄弟的共識是，依美國中央情報局的能耐，不可能不事先知情，更不可能不上報。可是，為甚麼任令日本偷襲？竟而造成許多軍民無謂的犧牲？

難道美國意圖以「有限的」犧牲，改變舉國上下孤立主義的心態，好投入對日本、德國、義大利，軸心國的戰爭，即便因此付出三千餘軍民傷亡的慘痛代價也在所不惜？君不見一灘灘鮮血漂流珍珠港水岸！然而，鮮血只不過是政客遂行其凌雲壯志的一道過門罷了？

難道這個世界真的如同尼采所說：

要成為創造善惡的人，首先心須成為破壞者？

最大的惡屬於最大的善？

張錫鈞看不破慘劇，參不透哲言，遑論跳得過！

二次大戰東方戰場最重大的變化，珍珠港事件牽繫中國、東南亞、美國、太平洋，乃至歐洲多方勢力的推移與整合，影響的更是整個世界的戰局。盱衡歷史上如斯「恢宏」的一刻，張錫鈞不但參與，竟然還有左右世局的鴻鵠大志，事實上，張錫鈞有機會改變歷史，不無遺憾的是：政治就是政治，政治與情報終歸是兩碼事。懷想漂流的鮮血與大量死傷，直令張錫鈞心中的糾結久久難以平撫。

近四點就離開醫院，斜陽下，張錫鈞獨立外灘，凝視著滔滔不住的黃浦江水，落霞映照江水，閃爍地拍打水岸，一波又一波湧出、消退，湧出、消退，韻律的節奏。日軍偷襲珍珠港的畫面竟浮現在岸邊的波浪上：穿甲彈、魚雷擊中艦艇，艦艇沉沒之後的狀況，張錫鈞當過幾年船員，對船難的狀況多少瞭解。裡面的軍人在海水快速湧入的船艙中，憋氣泅水，氣盡後，嗆水，幾經閉氣，掙扎，窒息，痛苦而死的慘狀，張錫鈞可感同身受。

風浪竟如此逼蒼生？奈何！

多年來，舉世陷於殘酷的殺戮。

蒐羅、研判資訊，傳遞情報，過程就是目的。情報傳遞之後，如何演變？已超逸出情報工作的範疇，可不予理會？

身處諜海旋渦，綜理情報鬥爭，面對再悲慘的際遇，再不堪的情境，可有悲觀、厭世的權利？

晚飯後，幾次端坐，澄懷凝思，張錫鈞不覺吟出張養浩的句子：

「嚴子陵釣灘，韓元帥將壇，哪一個無憂患？」

緬懷古往今來，心緒起伏，然而，張錫鈞可能參透？忽地，張錫鈞回想起廈門往事，弘一大師離別時的真言：

「減少殺戮！」與大師廈門一別，竟已整整四年矣！而今局勢更惡劣，人在閩南的大師可好？當下，政治判斷與珍珠港事件重大傷亡的震撼，竟讓他參悟，情報人員不盡然是政治的工具，特務所作所為，豈只是殺人的勾當，情報工作確實可以「減少殺戮」。思想及此，張錫鈞不由得肅立，面朝閩南，雙手合掌，閉目觀想大師，深深一鞠躬，心裡一再默念：

「大師告誡的是！大師告誡的是！」

東瀛鴛鴦寫史詩

隨著大批日軍轉進南洋，日本軍方的高級幹部大多隨部隊離開上海，臺灣通譯的情資因此銳減，而李長年也跟著「失業」。為了生活，李長年只好找洪安邦協助，安排他擔任汪偽要員來上海時的隨扈。這些經常來上海「考察」的官員，考察之後光顧上海歡場的不在少數，因此李長年又沉醉在酒色璀璨的夜幕中。歡場「浪子」專擅的工作，當然是帶要員到酒吧去，找陪酒女郎喝酒、宵夜，誰人不知，目的是找陪酒女郎過夜。帶出酒店，當然不必李長年隨扈在側，不過，李長年卻因此可以獨自留下來，陶然他的自由時間。

李長年發現，有位女子的樣貌，有別於一般陪酒女郎燙髮的時潮。女子頭上結雙頂髻，衣著素樸，尤其不帶絲毫風塵味，直令多年來夜夜尋歡花叢的李長年訝異不已，第一次照見如此奇特的女子。竟然只陪酒，不賣身，更引起李長年的興趣，乃單獨與這陪酒女郎低聲攀談。因為髮型，刻意說幾句日語，女子的應答與氣質，李長年瞭解，是受過相當教育的日本人。之後，李長年帶官員來酒吧，任務結束後都會找這位女子。兩人面對面坐著，經過幾次交談，女郎逐漸放鬆心情，承認她是日本人，名叫「梅子」，於是李長年改用日語交談。從此，沒事李長年就找梅子喝酒聊天。有一回，梅子竟然提起鈴木一雄，李長年一聽鈴木一雄心裡一沉：「竟然認識鈴木！歡場中，因何談到鈴木？」

李長年很快恢復平靜，回說：

「幾次到國泰大戲院看電影，曾上三樓看過鈴木打彈子。」簡單幾句帶過。李長年懷疑，梅子刻意提起鈴木的動機，但還是壓抑探究竟內情，裝作若無其事的樣子，有違一般從事情報工作者的基本守則。漸漸熟識之後，梅子主動說：

「與鈴木是男女朋友，在日本時就生活在一起，隨鈴木到上海來，已好幾年了。」略帶微笑地說：

「上海話說得還可以吧？」接著說：

「鈴木在日本在偷襲珍珠港前夕曾指示，要我去邀請一位醫師朋友打彈子，不料，當天下午就無緣無故地消失了。」

李長年頗意外的是：梅子竟然敢對他說出機密內情。如此背景的女子，竟然淪落風塵？

囂囂上海灘，
郎君隱市塵。
飄飄梧桐葉，
風拂薄衣裳。
郎君何所之，
杯光流酒觴。
夜長黄浦江，
誰共倚欄杆。

真是情何以堪！情何以堪！

鈴木之所以隻身離開，一則兩人一起走太顯眼，照應困難，擔心連累梅子，遂斷然不告而別。鈴木突然消失，茫茫異國，問君何所之？冷冷長夜，誰共倚欄杆？梅子除了思念難耐，現實生活的情境是，墜入失去依靠的無助與慌亂的恐懼之中。獨自一人身處異國，惶惶無助，竟而淪落人類最原始的交易以支應生活的基本開銷，不過，堅持只陪酒，不賣身。梅子明白告訴李長年她與鈴木的事，還向李長年埋怨：

「鈴木曾說過，到上海來『要執行特殊任務』，自己竟然消失不見。」

可見梅子早已知道李長年的底細，尤其立場，所以敢表白身份，甚至透露鈴木一些機密事之後，必要時可以相互照應。兩人很有默契，往後，品酒，純聊天，只談風月，不談正事，更不提鈴木，而且，李長年還暗地裡護著梅子。

且聽，上海街坊傳唱著：

可鄰鴻魚望斷無蹤影，
向誰去嗚咽訴不平？
……
願逐洪流葬此身，
天涯何處是歸程。
讓玉香消逝無影蹤，

也不求世間予同情。
君往何處？人知否？
飄零異國，何處是歸程？
一九四二年夏，有天，李長年告訴梅子一件極機密的消息：
「汪偽的副手周佛海近幾天要來上海視察。」
周佛海是早期的中國共產黨員之一，後來投靠蔣介石，與汪精衛接觸之後，政治立場再次改變，成為汪精衛集團叛國投降的主要策畫者。
聽到周佛海要來，梅子一臉平靜，並未回話。李長年接著說：
「視察之後的宴會，需要幾位女士擔任招待。
「汪偽手下的人知道梅子不但是日本人，而且氣質高雅出眾，可能會指定妳參加，方便與留日的周佛海以日語交談，妳要有心理準備。」梅子點點頭，面無表情，默默地聽著。
周佛海來上海的晚宴，梅子穿著和服，被指定負責主客以及鄰近幾人的端酒工作。第一杯酒，大家舉杯向周佛海致敬，幾個人乾杯之後僅約十秒，竟然一臉痛苦，不久就暈倒地上，很快斷了氣。周佛海舉杯之後，其他人乾杯時，他先行說幾句致謝的話，很自然，很機靈地稍稍停頓些時候，一看狀況有異，知道酒有問題。已退在一旁的梅子，看到幾個人倒下，她也將酒喝了。原來鈴木的特殊任務是針對周佛海，有一包氰酸鉀並沒有帶走。

幾天之後，蘇州河上游的梵王渡，擺渡的船夫發現一具從上游漂來的無頭男屍，卡在河岸邊的樹根。男屍的脖子整齊切斷，顯然被快刀斬過，腹部被一橫一縱，兩刀剖開，橫的一刀較長，二十餘公分，縱的一刀稍短，十公分，死狀極慘。

李長年一接到消息就快速告訴張錫鈞：「鈴木已切腹自殺。」晚餐時，張錫鈞壓低聲音，簡單描述，餐桌的氛圍頓時凝結。張錫鈞難過得吃不下飯，馬場也紅了眼眶。

躲過暗殺的死劫，一九四二年秋天，周佛海再一次改變政治立場，向國民政府投誠，再一次「效命中央」。

共產黨員庇護所

光華醫院的「業務」駁雜多端，不但有張錫鈞收集情報，張榮玉傳送情報，光華也醫治、庇護許多國民黨、共產黨員，尤其是協助共產黨員走出光華後，重新踏上奮鬥之路。共產黨員之所以隱藏在光華，除了光華有「自己人」，另一個考量是上海租界享有治外權，同時擁有行政權與自治權。西方的法規，對於言論、政治活動的管制比較寬鬆。如此環境，有利於共產黨的活動。一九二一年七月二十三日，中國共產黨第一次全國黨代表大會選在法租界白爾路民宅舉行，安全考量應是首要因素。

位於法租界的光華眼科，不但有租界的保護傘，而醫院專業且維持中立的形象，加上長期免費醫治各國軍人，院長是留日醫生，與共產黨交好，副院長與日本軍方高層經常往來，醫師中的張榮玉可以使用多種語言和病人溝通，方便歐美病患就診。不同膚色，不同政治意識的人進進出出，光華具有諸多異於一般醫院的特殊條件，是共產黨人首選的「庇護所」。而副院長張錫鈞遠遠超過專業情報員的表現，更令情報界的高層讚佩。光華眼科彙集諸多其他地方難以企及的優勢，而且在光華眼科，國、共擁有各自的畛域，尊重醫院主人，也相互尊重，光華遂成了國、共兩方人馬在上海祕密交通的奇特聯絡站。

珍珠港事件引爆二次大戰之後，日軍侵入租界，租界的保護傘同時被沒收，許多歐美人士被關進集中營。此時，光華眼科由於多年來建立的良好形象，加上與日本軍方關係特殊，因而能夠照常運作，得能繼續掩護國、共兩黨人員，益突顯光華的意義。

既然是「庇護所」，總要有人好好「看門」，把守好第一關。一九三八年，吳成方介紹一位名叫黃英的女子到光華工作，黃英，個子不高，長得甜美，經常笑臉盈盈。黃英主要任務是負責中共地下黨在上海的連絡工作，吳成方介紹黃英到光華，並建議張錫鈞，讓她在掛號室工作，理由是，黃英反應機靈，情性穩定，而且，黃英「守在第一關」，可以照顧好「自己人」。吳成方明白告知張錫鈞，黃英的真實身份與工作，張錫鈞當然充分配合，只讓她在醫院工作半天。至於工作時間，上午或下午，由黃英自己決定之後，再與其他同事調配，方便其他時間可以自行運用。日本特務佐藤「突襲」光華時，恰是黃英值班，快速通報張錫鈞、馬場。

日本特務對進出光華的一些病人早有疑問，二次大戰爆發之後，租界同時淪入日本手中，日本特務當然名正言順地到光華盤查。有一天，一位外地來的中共聯絡人初次來光華，找黃英掛號。黃英眼尖，看到兩位特務尾隨在後，進入醫院隨機查問候診者，於是，快速轉身到診療室門口，緩聲說：

「請小張醫師幫忙翻譯！」

張榮玉會意，立即放下工作，來到候診室，與日本特務以日語交談，好擋住特務。張榮玉先是以日式禮儀，深深一鞠躬，客氣地說：

「醫院裡不能抽煙，很失禮，不能夠招待兩位大人抽煙，很失禮。」

張榮玉謙恭有禮，言談得體，特務或許覺得受到尊重，只虛應一番就完成任務。恭送特務離開前，張榮玉刻意強調：

「有請長官轉達，歡迎日本軍人來光華免費看診。」張榮玉談話時，黃英趁機，帶著聯絡人迅速從後門離開。

抗戰期間，光華眼科是國、共兩方人員「就醫」、「住院」的首選。二樓住的多是國民政府軍統人員，三樓是共產黨員的專屬「病房」，兩方勢力分開，避免衝突。副院長依規矩，每天定時「查房」，但不干擾他們。這些「病患」眼睛罩著紗布，不少人白天睡覺，夜間才外出活動。張錫鈞吩咐忠心的工友朱容，每天為他們準備宵夜，填飽肚子再出門。住院病患中，包括：著名劇作家田漢，著名詩人、考古學者郭沫若。長期負責中共情報工作的李克農為了躲避日本憲兵的搜索，曾經兩度到光華「治病」。其中，住院最久的「病患」是中華人民共和國成立之後出任上海公安局長的揚帆，一九五五年，揚帆因「潘揚案」被捕，張錫鈞、張榮玉也被牽連。

病人感念光華的協助，秀才人情，不少人題字贈送。一九三七年，在三樓病房留宿多日的田漢，有天主動說：

「昨晚我寫了一首七言絕句，頌讚年輕醫師張榮玉，想現場書寫送給小張醫師，感謝小張醫師的照顧。」

張榮玉一聽，歡欣地請田漢指示，該當如何準備文房四寶。田漢列出清單後，麻煩朱容到周虎臣筆莊，購買一方長約七吋的長方形端硯、兩條千秋光油煙墨錠，以及狼毫提筆一支、楊振華製作的大蘭竹與中蘭竹各一支，還有，加厚半生熟玉版宣一刀。

張榮玉與田漢聊天，等朱容回來時，播放福特萬格勒指揮，貝多芬《命運交響曲》唱片，演奏時間在半小時之譜。《命運交響曲》結束之後，換貝多芬的第九號交響曲，一般稱《快樂頌》。兩人聽音樂的心思遠大於聊天，貝多芬的交響曲是張榮玉的最愛，而田漢專心聆聽樂音的神情，顯然也很喜歡貝多芬的作品。田漢也是知音，張榮玉看得一臉愉悅。唱片播完後，田漢讚美說：

「福特萬格勒詮釋得真好，唱片的音質也很好。小張醫師的品味高！

「因為小張醫師的雅興，才有此難得的福分！」

《快樂頌》第三樂章快結束時朱容採買回來，田漢麻煩朱容先將提筆與大蘭竹泡在裝有清水的杯子裡。音樂接續的是《快樂頌》的精華樂章，合唱部分。田漢先指導怎麼磨好墨汁：

「磨墨時，方向必須一致，原則上，以左、右手磨墨都行，如果書寫者自己磨墨，使用左手為宜，避免右手手指、手腕因磨墨而短暫僵硬，不利書寫。

「左手磨墨循著時逆時針方向，右手順時針，由內往外蕩出去，此乃心胸蕩開的況味。」田漢雙眼注視著阿容說：

「研磨時，硯池先加點水，稍重壓，移動緩慢，磨黑之後，將墨汁推到墨海裡，再加水。動作重複，一直到磨好需要的份量。」田漢強調：

「墨汁寧可多，不能少。」

雄偉的樂音中，田漢詳細說明採買這些文房四寶的緣由：

「毛筆，狼毫比起羊毫，筆性比較勁挺，方便寫出剛健的線條。

「玉版宣，屬於半熟、半生紙，墨容易暈開，熟紙則墨不暈，有些畫家喜歡熟紙。半生熟的紙適合較多人的筆性，所以購買半生熟的紙。加厚的宣紙，書寫時不容易破損，所以買加厚玉版宣。

「一次買一百張紙，因為以後一定還有人會題字感謝光華的幾位醫生，不必每次都出去買紙。一百張，即一刀紙，包裝得好好的，方便攜帶。如果張數太少，購買之後，紙張捲起帶回，紙捲曲且可能有折痕。拿在手上，行走路上時，紙張可能因手握著，或風吹，而留下折痕，多少影響書寫的流暢。

「長方形七吋端硯比較實用，此因，太小，或原石形狀，有眼的硯臺，是文人觀賞遣興的古玩、珍品，並不實際使用，也不實用。

「千秋光屬油煙墨，研磨的墨汁，烏黑而發亮。」

田漢一說完，張榮玉直讚歎：

「大師不藏私，講解文房四寶，以及如何準備寫書法。感謝大師指導！」

阿容磨墨時，不但一室清香，且空間蕩漾著宏偉壯闊的合唱，大家陶然其間。約莫半小時，墨研濃，《快樂頌》也播完，張榮玉不再播放唱片，大家清靜心思，在安祥的氛圍中，觀賞田漢揮毫。

田漢以提筆書寫中堂：

撥開雲霧見光明，
此道爭推張氏精。
安得黃金買靈藥，
遍從黑暗救蒼生。

落款以大蘭竹書寫：「一九三七年戰火中　為榮玉先生寫此　田漢」，田漢以草書快意揮灑，頌讚張榮玉醫術超凡。由於印章沒有帶在身邊，所以未用印。田漢痛快地擱下毛筆，意猶未盡地解說一番，先是自謙地說：

「年少時沒有好好下工夫臨字，少了幾分書卷氣。」田漢點出字的特色：「沒有好好學字，所以寫出來的書法多屬於個人隨意揮灑。整幅字都是草書書寫，不過，不像一般草書，這件作品，字與字之間並沒有游絲聯結。行筆時是否有游絲的關鍵，除了文字本身的結構，行氣貫通之外，主要是書寫者的習性。」田漢認為：「雖然沒有游絲聯結，但通篇必須有筆斷意連的況味才是佳作。」

從購買工具、磨墨到解析作品，田漢即興地為張榮玉和朱容好生上了一堂精彩的書法課。

談書法而提到，張副院長診療室裡張瑞圖的扇面。田漢自謙地說：「張瑞圖是晚明書法大名家，在書法史上很有創意的草書。創作型的書家，書法史上並不多見。我的字絕不敢與張長公比較，人、東西最怕比，無論運筆、用墨、結體，功力，在下與張長公差太遠，差太遠，怎堪比？「寫字，留爪痕，不過是個人的一番心意罷了，豈在乎工拙，請小張醫師幸勿見笑。」

田漢的墨寶，張榮玉裱褙後，一直珍藏著。

光華眼科與多位政治、藝文界名流結緣，不少人留下墨跡，不過，一因戰亂，再則，落款並未註明送給誰而遺失。像孫中山先生的公子孫科到光華醫治眼疾時，也曾留下墨寶，可惜，已不知流落何處。遭逢亂世，生命猶如蜉蝣，何況是片紙隻字，浮雲過眼罷了，怎能強留？

形形色色的人在光華「住院」，像金鑑銘經常帶朋友住在三樓病房，還有，半夜按門鈴，尋求協助的。由於半夜的電鈴聲太吵，不但影響睡眠，太頻繁了更擔心鄰居起疑，張錫鈞索性另配一支鑰匙，交給金鑑銘，讓他們從後門自由進出。

豈只「病患」長住，光華眼科還協助延安訓練眼科醫師。吳成方曾帶了一位二十出頭的「王女士」來光華，麻煩張錫鈞以速成方式培訓，因為陝北膚施一帶的醫藥資源，包括眼科醫師都嚴重缺乏，必須有人儘速到位。張錫鈞從張錫祺習得高超的醫術，但行醫以來，不曾教導學生，既然吳成方出面，加上對於陝北的醫療問題，只好勉強自己充當老師。為了善盡責任，張錫鈞看診後，回想當年張錫祺怎麼教學生，多次請教張錫祺之後，整理出一套筆記。從此看診時王女士就跟在張錫鈞身旁，張錫鈞邊看診邊解說，經過一年半的密集訓練，王女士學會了基本的手術工夫。回膚施時，因為是共產黨員，張錫鈞擔心半途被攔下出事，找在報社工作，也是共產黨員的好友屠孝嚴，利用報館頭銜，設法護送學生到安全地區。跟隨一年半的高足，張錫鈞竟不知「王女士」到底是不是真的姓「王」，或名啥？這，或是長期從事情報工作所堅持的守則：瞭解探索，與相互留餘地之間的必要分際，甚且，避免話多徒然招惹麻煩。可真是：

此生直若飄零客，
醫人救國攜手行。
因緣聚散忒匆匆，
諜海何必留芳名。

張錫鈞不但免費指導學生，提供膳宿。學生學成返鄉時，考慮東西太多背不動，老師「只」贈送全套的眼科醫療器材一組，以及一大袋藥劑，一如張錫祺之前的作為。如此身教，如此慷慨善行，王同學再三鞠躬道謝。

紅色庇護所，除了庇護共產黨員，國民政府人員也找上門。一九四〇年代初期，有天上午，一位身穿便衣的生人，到光華指名找張錫鈞。來人自我介紹，名叫何庭楊，在國民政府第三作戰區，即江蘇、浙江戰區工作。張錫鈞瞭解，應是中統或其他情報機關的人。何庭楊直接問說：

「是否認識鄭志信？」

張錫鈞坦率地答說：

「認識！」

「鄭志信現在在哪裡？」

「應該在金華附近吧。」

何庭楊「喔！」了一聲。

何庭楊接著說明狀況：

「鄭志信行蹤可疑，已被抓到我們單位，交給我訊問。

「他說，奉張副院長指示到金華。

「張醫師豈只名揚上海灘，國民政府稍有資歷的情報人員大多耳聞張醫師的大名，當然也知道張醫師是國研所的人，因此特地來一趟上海，向張醫師求證，是否真的是自己人？」

張錫鈞回說：

「要鄭志信到金華去，主要目的是瞭解當地醫藥資源的狀況。如有需要，鄭志信先行電報告知，隨即回上海。光華眼科採購之後，鄭志信負責押運藥品、醫療器材過去。」

何庭楊慶幸、安慰地說：

「果然是自己人！因任務而遠行。不虛上海行！」

亂世，多少人無辜身陷牢獄，甚至被錯殺，生命猶如螻蟻一般，無奈地任人擺布。鄭志信有幸遇到宅心仁厚的何庭楊，不嫌麻煩，專程從金華來到上海瞭解真相，而且何庭楊信賴自己人張錫鈞，否則，鄭志信可能早已生命不保。這回拜訪相談愉快，之後，何庭楊每次出公差到上海，都會撥時間拜訪張錫鈞。

有一天午飯後，張錫鈞正要出門，恰好鄭志信來訪。張錫鈞說，沒事出去散散步。既然是散步，鄭志信遂邀張錫鈞搭黃包車，跑了一段路，往寶山玉皇宮去。玉皇宮原本是座道觀，光緒初年改為佛寺，不過依舊稱玉皇宮，改變初期，仍有道士居住在宮裡。因年久失修，寺院多處已明顯破損。按，一九八〇年代已重新修復，一九九三年改稱寶山淨寺。

到了廟前，鄭志信要張錫鈞稍等。在情報圈打滾多年，張錫鈞知道，這裡是鄭志信的聯絡站，由於是自己人，不忌諱邀張錫鈞同行。

張錫鈞不便打擾談話，站在廟門抬頭隨意張望，欣賞山門結構，原木色的椽子、斗拱、樑柱，多處有大小不一，明顯的裂痕，不過整體而言，古樸可人。仔細看了山門之後往外走，觀賞鄰近風光，自得其樂。鄭志信進去十幾分鐘後，邀張錫鈞一起進入廟裡參觀，在中庭繞了一圈。漫步中庭時，鄭志信告訴張錫鈞：

「廟裡有位李理山道士，是組織的聯絡人，早就知道張醫師大名，到廟裡逛逛，主要目的是讓李理山看看張醫師。

「李理山的靜室就在進門左側第一間，他已經看到張醫師，以後如有急事，無妨直接來廟裡，與他聯繫。」

諜海浮沉有險灘

臉上時常掛著稚氣笑容的張錫鈞，置身諜海漩渦中，可能無憂患？

淞滬會戰之後，一九三七年冬天，「咔！咔！咔！」黃浦江邊，灘聲和著日軍的鐵蹄聲中，上海租界成為奇特的「孤島」。「孤島」的特色之一是滋生情報的溫床，最是張錫鈞的情報網開張、收網，開張、收網，撈取成果的好場地。國、共的情報系統當然也都活躍於上海灘，不過，一九四一年，終究出事。

中共方面的情報設施，吳成方在「孤島」中設置了兩處電臺，方便隨時向延安傳輸訊息。不意珍珠港事件前夕，一九四一年秋天就遭破獲，留守的李白被捕。按，李白的故事，後來發展成電影《永不消逝的電波》，首映於一九五八年，二〇一〇年改編為電視劇。

國研所的顧高地系統，設置在租界的電臺於一九四二年八月十三日也被破獲。當天是日軍慶祝淞滬會戰開戰日，日軍開出坦克，沿街宣示戰果，向上海市民示威，同時搜索業已鎖定多時的電臺，選在八．一三收網，顯然是藉以慶賀淞滬會戰開戰的戰果。當天晚上，張錫鈞的結拜兄弟黃建中，要太太趕緊到光華通知：「出大事了！」建議張錫鈞立即離開診所，暫時躲到他家去。張錫鈞告知太太、張榮玉之後，背一只袋子，裝著盥洗用具、幾件衣服，以及一部《古文觀止》，隨黃太太離去。一到黃家，黃建中慌張地說：

「電臺出事了，兩位電臺的報務員王仲衡與顧高地的弟弟顧高堤被逮捕。

「報務員經常到光華拿取情報，擔心他們受不了酷刑，供出來。為安全計，不能不暫時避一避。」

電臺的顧高地、楊蔭渭即時平安離開電臺後，也已來到黃建中家。

上海灘，很多人知道，張錫鈞與黃建中是結拜兄弟，在光華眼科找不到張錫鈞，很可能直接到黃建中家找人，留在黃家，大家覺得不妥。張錫鈞、顧高地，以及楊蔭渭，三人決定立刻轉到屠孝嚴家去。暗夜中，幾個人同行太招搖，長年從事情報工作，大家的敏感度都相當高，行進間，前前後後，自動保持相當距離。在屠孝嚴家商議之後，大家的共識，「四散為宜」。屠孝嚴翌日帶張錫鈞到虹橋公安局吳成方藏身的地方去；楊蔭渭由黃建中太太陪同，到她娘家暫住幾天；顧高地認為日本憲兵應不至於闖張到進入醫院搜索，醫院應該最安全，決定動盲腸手術去。

翌日一早，屠孝嚴帶張錫鈞到虹橋公安局找局長。吳成方一看到張錫鈞背著提袋來公安局，著實嚇了一大跳。張錫鈞告訴吳成方，電臺被抄了，想在公安局躲幾天，兩人住在公安局的寢室，兩人一間房，上下鋪，房裡除了床鋪就只一張書桌子，兩張椅子。三餐，在公安局大餐廳解決。整天沒事，不能不討論些問題，但，擔心談話內容「不妥」被查覺，因此，多數時間，張錫鈞重溫《古文觀止》。有先見之明，帶書出來，有古人作伴，難得清靜，過得還滿充實，滿自在的。幾天後，吳成方覺得不妥，公安局每天有日本憲兵進進出出，即便張錫鈞精通日語，終究不是妥善的藏身處，乃建議換地方。張錫鈞想起曾營救過吳道南，此時災難臨頭，到吳道南家躲幾天，應不至於被拒絕。吳道南義氣地收留張錫鈞，以及吳成方一家三人，蝸居在兩間小閣樓。閣樓原本充作儲藏室，各只有一張單人床。張錫鈞將床搬到吳成方處，他打地鋪。讓吳成方太太、女兒睡床上，吳成方也打地鋪。

幾天之後，吳道南說，外面沒聽到啥風聲，應該沒事了。隔天一大早，張錫鈞就回光華看診，拿換洗的衣服，《古文觀止》換了一冊姚惜抱的《古文辭類纂》，晚上還是在吳道南家過夜。接連幾天，每天近五點，看診即將結束，張錫鈞就麻煩朱容買一隻白斬雞，或一塊鹹肉，帶到吳道南家加菜。夜宿吳道南家，觀察幾天之後，張錫鈞覺得應該沒事了，乃先行告別。告別前，張錫鈞塞了一些錢給吳道南太太，貼補菜錢。張錫鈞離開後，吳成方一家繼續住在吳道南的閣樓一段日子。戰亂中見真情，艱難兄弟相濡以沫。

張錫鈞蝸居公安局、閣樓，與外界隔絕近一個月。回光華前，先轉到日本海軍武官府，找臺灣來的高級翻譯王炳南，聊聊近一個月來上海的狀況。麻煩王炳南電話連絡，在日本憲兵隊高級翻譯，臺灣來的陳光榮，請陳光榮簡報上海、日本等國內外大事，填補幾天的空白。當天傍晚，張錫鈞就到約定的地點找顧高地去。

被捕的王仲衡與顧高堤，張錫鈞恢復日常工作幾天之後，透過洪門高漢生的門路，由張錫鈞花錢保住生命。

醫院收容電報機

顧高地盲腸開刀，出院後，回家靜養中。由於電臺被抄，不能夠和國研所直接連絡，上海的情報工作幾乎癱瘓。近半個多月以來，縱然顧高地急著四處找尋支援，但還是無解。突然看張錫鈞進門，顧高地歡喜地擊掌，呵了一聲：

「救星來了！」

顧高地知道電報是張錫鈞年輕時的專業，不但是發送電報的高手，對於電報機具的維修、組裝，以及天線的架設都很內行。顧高地麻煩張錫鈞尋找設置電臺的合適地點，同時物色發報高手。架設電臺的地點，張錫鈞建議：

其一，以原租界為優先，此因租界的居民、商家原本多具有抗日意識，不至於被出賣，而且租界對大家而言，環境總是比較熟悉、方便。

其二，基地應多設幾處，交叉使用，可以降低基地的電波被偵測，遭破壞的機會。

其三，發報的人選，張錫鈞立即想到吳成方。不過，顧高地、吳成方分別屬於重慶與延安，兩人如何合作？人選，當場並沒有說出。

離開顧高地住處後，接連多天，張錫鈞來來回回探詢顧高地、吳成方的意見，雙方都同意當面討論，以免傳話浪費時間，也避免傳話時解讀錯誤。當面協商時，吳成方要求發報員、地點都由他決定。顧高地以電臺盡快設置為前提而當場答應，只提醒一點，重慶經常下雨，霧又濃，發報機的品質必須配合重慶的狀況提升，以免收訊不良，甚至斷訊。設置經費，顧、吳兩人都信得過張錫鈞，由張錫鈞轉交。

吳成方之所以樂意協助顧高地是有一些盤算：對抗共同的敵人——日本；再則，與國研所上海負責人顧高地建立直接而友好的關係，希望循此管道可以瞭解更多日本、重慶方面的資訊；最重要的是，必要時，可以藉由電臺，快速聯繫延安。

顧高地爽快答應，不久就陸續支付經費，吳成方也積極進行，找來延安情報系統的高手陳來生交付任務，並明白告知陳來生，架設國研所的電臺：

「可以供我方所用。」

電臺的機具，吳成方透過國民政府第一戰區的關係快速取得，由於仍未找到合適的基地，以醫療器材的名義，分成多個包裹，逐次送達光華眼科，指名張錫鈞副院長收。以「醫療器材」的名目寄送、存放在光華，再恰當、安全不過了。

電臺被破獲四個多月後，一九四二年底，公共租界西摩路上一棟洋房，深夜，發報員嚴國棟終於敲打出一般人耳朵難以辨識，極輕微的嘀嗒聲。隔天一早，顧高地就來光華，高興地告訴張錫鈞：

「重慶收到了！」奈何，早在一年前，日軍進駐租界之後，每天密集的巡邏、偵測。西摩路洋樓嘀嗒嘀嗒的聲響，響聲不滿四個月，一九四三年四月十三日午夜，日本憲兵強行打開房門，進屋搜索，查獲電臺機具。

顧高地立即找張錫鈞，告知，電臺又被破獲，與重慶之間再次斷訊。顧高地直白地說：

「以上海站現有的財力、物力，不可能再架設電臺。與重慶斷了線，國研所上海站不得不暫時停止運作。」

當下，盱衡東方戰場的情勢，珍珠港事件之後，美國參戰，主戰場已從東亞內陸轉移到太平洋諸島，另一處戰場是日本南進政策的標的——中南半島。而中國戰場，因中國人以鮮血捍衛國土的意志，寧死不屈，日軍被迫深入遼闊的戰場，形同陷入漫無邊際的泥淖之中難以脫困。膠著的戰況，在美國參戰之後，已經形同球隊比賽的垃圾時間，中國戰場上已經是無意義的拚鬥，日軍垂死掙扎罷了。大局如此，駐防上海不少日本軍艦，以及部隊也已逐漸移防他處，然則，遠離海、陸戰場第一線的上海，不但在情報戰的份量已經大幅度消滅，張錫鈞的情報網也難以獲致比較關鍵性的訊息。

吳成方獲悉因電臺被破獲導致上海站停止運作，即找張錫鈞，分析當前的時勢：

「你我都很清楚，目前已經是抗日戰爭勝利前夕，理應予以敵人致命一擊，加速日寇的潰敗才是，此時，絕不可以放棄！張醫師是讀古人書的人，瞭解行百里半九十的道理。自從美國參戰之後，東亞戰局的演變已經是堆土成山已至九仞的情勢。而今，功虧一簣，未免可惜。」

上海、中國，乃至整個世界的大局，張錫鈞早已和張錫祺討論過，兄弟倆都覺得：

「當前上海的戰略地位，已不可同日而語。」

然而，吳成方卻依舊高談老調，雖然張錫鈞已有定見，還是默默聽著。吳成方建議：

「直接找國研所所長王芃生。」張錫鈞到上海之前，王芃生曾找張錫祺看眼睛，張錫鈞回說：

「與王芃生並未見過面。」

很明顯的，張錫鈞有意推托，但，吳成方卻逕自述說：

「張醫師的老大哥謝南光，目前人在重慶，擔任國研所主任祕書要職。」吳成方竟然知道張錫鈞與謝南光的關係。吳成方進一步說：

「透過謝南光找王芃生，國研所應該可以繼續運作。」說完，吳成方就當場擬稿，張錫鈞只好順著吳成方的意思，抱著姑且一試的心理，抄寫後派人輾轉送到重慶。基於對張錫鈞為人的信賴，以及情報戰長年的績效，王芃生與謝南光看完信，稍事討論就交給來人開辦電臺的經費。但，吳成方規劃的電臺，並沒有架設成功。設電臺的事，吳成方還是不死心，張錫鈞只好自掏腰包，提供材料與人事費用。幾次灑出大把鈔票，可是，遲遲沒有聽到嘀嗒嘀嗒的聲響，吳成方從此不好再提架設電臺的事。

長江一號潛空門

日本南進之後幾年，世局的重大變化：一九四三年九月八日，義大利宣布投降。以德、義、日三國為中心的法西斯軸心國於是解體。

一九四五年四月，歐洲戰場，同盟國的軍隊，從東、西兩方，東邊的蘇聯軍隊由哈拉哈河戰役擊潰日軍的朱可夫元帥領軍；西邊，美國的艾森豪將軍率領同盟國軍隊，分別進擊德國。四月二十三日，兩軍在易北河會師。四月三十日，希特勒自殺身亡，蘇聯占領柏林。五月九日，德國無條件投降，歐洲戰場終結，盟軍作戰的重心隨即轉移到遠東。

且回顧太平洋的戰況，一九四四年十月十九日，麥克阿瑟重返菲律賓，一九四五年五月，結束長達七個月，菲律賓本土的陸上戰鬥。日本失去菲律賓，同時失去石油、橡膠等戰略物資的來源，意即行將輸掉戰爭。

麥克阿瑟採跳島戰略：攻下菲律賓後跳過臺灣，發動琉球戰役。雖然美軍沒有登陸臺灣，但一九四四年十月至一九四五年八月，除了轟炸臺灣的軍事設施，還針對臺灣西部高雄、臺南、臺北等幾個大城市多次持續轟炸，造成五千餘人死亡，四萬餘棟民房毀損，其中，臺南城區更造成嚴重火災。

登陸菲律賓之前，一九四五年二月二十三日，美軍已開始大規模轟炸東京。四月一日，美軍登陸沖繩島。八月六日、九日，美軍分別在廣島、長崎投下原子彈。八月十五日中午，日本裕仁天皇透過廣播，發表《終戰詔書》，宣布無條件投降。

一九四五年夏天，日本的敗象早已顯露。凡平常留意世局演變，以及稍理智者，心裡都很清楚，勝負已判。

「我會乘軍艦回來！」抗戰勝利在望，張錫鈞行將兌現他與故鄉的誓言。

然而，侵略者垂死前的掙扎，可是暴戾、猙獰，甚至是狂亂的行徑，迥異於得勝時的昂揚與快意。且看，從二月一直到七月，美軍在東京投下十萬噸的燃燒彈，毀滅東京的煉獄之火一直炙熱地延燒著，戰爭行將終結，然而，七月末的上海灘，日本憲兵竟然反常地開始「報復性的」逮人。

張錫鈞多日不見吳成方到光華來，擔心他的身體出狀況，七月二十五日，天還沒亮就到吳成方家探望，一走近門，意外地聽到小孩抽泣的哭聲，張錫鈞一怔即嘗試輕推房門，不意，門竟然虛掩著。推開房門，張錫鈞跨過門檻，緩步輕移，一看，兩個大人都不在家，屋子裡一團亂，衣物、書籍散落一地。張錫鈞了然，日本憲兵半夜來搜索，並將吳成方夫婦押走。張錫鈞安撫女孩說：

「小蘭，爸媽怎麼了？」

小蘭回說：

「半夜被日本人抓走了。」

張錫鈞本想立即帶小蘭離開，但稍頓一下，覺得不妥。萬一憲兵仍埋伏在附近，帶著小孩出門一定被逮捕，兩人同時遭殃。張錫鈞斟酌後，告訴小蘭：

「在家等著，叔叔找黃英阿姨去，麻煩她帶妳到醫院。」

張錫鈞一到黃英家，房門敞開，屋裡竟然比吳成方家還要凌亂，櫥櫃、衣櫃、書桌的抽屜，或底朝天，或豎立著，或幾個疊在一起，零零落落，橫豎散置在地上。豈只抽屜都被翻遍，整個家已被澈底搜索過。張錫鈞研判，為了避免走漏風聲，憲兵應該是在同一時間動手。張錫鈞遂趕回醫院，找張錫祺討論，該當如何因應，並麻煩醫院裡的護士小孟帶吳成方女兒，暫時住在醫院裡。不意才踏入醫院，朱容一臉驚慌地趨前說：

「一大早，院長被憲兵抓走了！院長被憲兵抓走了！」

或是憲兵進醫院看到張錫祺岳父馬場的戎裝照片，朱容說，帶走院長時還算禮遇，讓張錫祺自行走著，並未強行押人。

「二哥竟然也被抓！」張錫鈞頗感意外。長年來，張錫祺大部分時間專注於教學，以及學校的行政工作，很少與聞張錫鈞情報組織的運作。竟然張錫祺也被抓，張錫鈞有自知之明，抓張錫祺，其實主要目標應該是他自己，憲兵一定很快就再登門。

憲兵因何大肆逮捕？尤其是在二次大戰終結的前夕，著實讓人不解。縱然日本政府行將宣布投降已是不爭的事實，不過，最近上海的日本軍部高層還是盡責地檢討淞滬會戰前後的這幾年，每有重大戰役，軍隊調動的情形，好像事先都已被國民政府，甚至蘇聯所掌握，上海一定有隱藏的情報組織即時傳遞訊息。回想中國爆發全面戰爭初期，由於日軍在戰場上近似暴潮般的披靡之勢，戰無不捷，不可能懷疑中國土地上存在著任何掣肘的力量。但持續敗仗，戰爭即將絡結之時，終於猛然省悟，歷年來東西戰場不尋常的演變，應該有人洩密。特務系統終於查出，隱藏在上海的「長江一號」主持一個龐大的諜報組織，強要追究責任，卻遲遲未能查出長江一號到底是誰？如何究責？七月中開始，敗亡之前報復性的，近於瘋狂的逮捕，其實並非全然針對張錫鈞，但「亂槍打鳥」，子彈卻不無可能打到長江一號。

為了解救張錫祺，以及吳成方等人，張錫鈞冒險與時任日本憲兵司令部高級翻譯陳光榮見面，希望陳光榮協助，保住他們的生命，最好能夠避免遭受酷刑。兩人都知道，日本特務抓人不至於在白天動手，而約好陳光榮下班後就在光華碰面。陳光榮告知：

「李龜銘『態度高傲』，已經被用刑，其他人還好。

「憲兵搜索黃英家時，找到共產黨的會議紀錄，物證確鑿，顯然賴不掉，黃英不得不承認。」

陳光榮明白地告訴張錫鈞：

「目前的狀況已非小弟的層級能夠左右，不過有任何新的消息還是會透過電話盡快通知。」分手時，陳光榮提醒：

「張醫師很可能是下一個目標，要多留意。建議最好趕快避開，躲幾天。」

縱然陳光榮已提醒，立即遠走他處，但張錫鈞基於責任，還是留下來，四處找尋有力人士救援，終於有洪門友人介紹，面陳寓居上海的葛光庭。葛光庭曾任山東第三路軍總指揮部高級參謀，曾轉往營運單位，先後擔任過幾條鐵路的管理局局長。葛光庭另一個身份是：日本「中國派遣軍總司令」岡村寧次日本士官學校的同學，這才是關鍵。當年，士校同學都知道，有位來自中國的葛光庭。在學校時，岡村幾次請教葛光庭有關王陽明文章的辭義。葛光庭年少時讀了幾年古書，對陽明學的義理解析清楚，讓岡村折服，在校時，兩人因此頗有交情。抗日戰爭爆發後，葛光庭寓居上海。岡村寧次於一九四四年十一月升任中國戰區總司令不久，到上海視察時，上海軍部曾安排八位上海士紳與岡村一起晚餐，以宣示民間歡迎總司令上任之意。葛光庭因為優越的學經歷而獲邀，不過，葛光庭之所以答應出席，絕非奉承侵略者，其目的，除了想看看老同學，更希望藉機說服岡村，指示上海軍方善待中國人。晚餐時，岡村只帶了一位通譯，通譯就坐在他身邊。士紳輪流自我介紹時，一聽同學在場，岡村很快認出已三十餘年未見面，臉龐變得福福態態的葛光庭，高興又意外地喊一聲：

「葛君！」

葛光庭回說：

「總司令還是老樣子，一派英挺！」

岡村原本緊繃的兩頰頓時鬆開，並指示身邊的通譯與葛光庭換位子。用餐時，大部分時間都是兩位老同學以日語愉快交談，偶有其他士紳發言，就直接由葛光庭翻譯。大將總司令與布衣同學臨老重逢，岡村多少有衣錦還鄉的快慰。臨別，上車前，岡村拿出一張他簽名的名片給葛光庭說，有事，歡迎老同學直接找他。岡村強調：

「老同學，不要客氣！」

之後，岡村來上海視察，得便就指派軍部的黑色轎車接葛光庭，兩人一起用餐。閒談時，岡村難免與老同學談論軍中事，尤其對時局的悲觀。遇有緊要內情，葛光庭當然擇要轉述給情報單位。

葛光庭細聽張錫鈞說明之後，對於張錫祺等人的愛國情操，以及貢獻，頗為感動。由於隨時有殺身之禍，事態緊急，答應張錫鈞，當晚搭火車直奔南京，隔天一大早就找老同學去。岡村寧次通盤掌握目下的戰局，對於日本行將投降，當然了然於心。此時抓人，甚至槍殺再多人已經無關宏旨，洩恨罷了，于是爽快地給老同學面子，當場撥電話，下令上海憲兵司令部，不得槍殺張錫祺等人。但，事關面子問題，人縱然殺不得，總要關幾天。

聽到葛光庭的回音，張錫祺等人的生命保住，張錫鈞安心地回到醫院，不意接到陳光榮緊急電話：

「日本軍方可能已經知道長江一號是誰，今晚一定抓人。」

災難業已降臨頭上，張錫祺、吳成方人被抓有張錫鈞救援，心想，張錫鈞自己被抓，又有誰救得了？臨危當下，張錫鈞靈臺一閃，豁然想起弘一法師臨別時最後一句開示：

「以後，萬一遇到重大事故，請記得，想想明惠帝。」

原來，明朝建文四年，燕王朱棣發動靖難之役，揮師渡江，進逼應天府，是為方孝儒筆下的「燕賊纂位」。盛傳惠帝朱允炆化裝成和尚逃走，保住一命。張錫鈞遵照大師「明惠帝」的指示，麻煩張榮玉幫他剪短頭髮後，張榮玉再以拿手術刀靈巧的手，小心地使用刮鬍刀剃光頭髮，頭髮立即放進竈裡燒掉。張榮玉還找來一套出家人的衣服，張錫鈞化裝成和尚，頂著頭皮白皙的光頭，踏上落日餘暉，直奔玉皇宮，找李理山道長。

諜報網一日站長

一九四五年，日本無條件投降。抗戰勝利之後，張邦傑曾經爭取擔任第一任臺灣省主席未果。張邦傑一九二八年就回大陸追隨國民黨，加入軍統，投入抗日戰爭，十七年來，奔走多省。省視其經歷與貢獻，有心返鄉擔任要職以造福桑梓，應不逾越，但出任臺灣行政長官的是陳儀。另有傳言，由於張錫祺擁有日本醫學博士的學歷，以及長年擔任東南醫學院院長的經歷，獲聘以醫學、農業為主的臺灣大學校長，結果，校長由羅宗洛出任。

勝利後的復原工作，著實是門大學問，必得花費相當功夫，尤其多年來，冒險提供情報的同志，張錫鈞對他們如何交待？有功人員的敘獎之外，還有資料的收集與整理也是件龐大的工程。

九月上旬，王芃生發電報給張錫鈞，要他到南京見謝南光，匯報八年抗戰的工作重點。對日抗戰八年，張錫鈞與謝南光自從在香港分別之後，也已整整八年。抗戰勝利，兄弟重逢，有說不完的話。張錫鈞在南京那四天，兩兄弟澈夜煮酒論抗戰，談家庭，話國事，如此晝伏夜談，痛快談心，猶勝秉燭夜遊之樂。但，醫院工作繁忙，有些事必須由張錫鈞親自裁決，兄弟相聚四天，匯報完重要的諜報工作之後，張錫鈞即回上海。道別時，謝南光拿給張錫鈞十萬元，說：

「這是國家頒發給你個人的獎金。

「國研所高層都知道，張家兄弟在抗戰時期，照顧臺僑，掩護敵後工作人員，尤其致力於情報收集與傳送，對國家，對整個戰局的貢獻，幾無人可及。更感人的是，出錢出力，不求回報。區區十萬元，聊表慰問之意罷了！請老弟放心收下，不要嫌棄。」

張錫鈞回上海後就將十萬元轉悉數轉給缺錢的吳成方，支應辦事處、家用，公私的日常開銷。

兩天之後，謝南光傳來之前張錫鈞提報的國研所上海站成員，業經核定的敘獎名單，包括職位與軍階：

顧問少將葛光庭、顧問少將吳成方、主任（組長）少將張錫鈞。祕書長上校屠孝嚴，研究員：上校吳海天、上校陳建平、中校李龜銘、中校鄒承鼎、中校黃英、少校李長年等等。之後，還頒發勝利勛章與海陸空獎章，包括張錫祺、張邦傑也都獲頒勝利勛章。多次提供重要情報的黃建中的敘獎，由香港站提報，而情報網頗重要的角色——交通，厥功甚偉的張榮玉竟然沒有出現在名單中，此因，張錫鈞為了避免被指責徇私，再則，張錫鈞覺得張榮玉還個孩子，因此排除張榮玉。其他，像郭漢海、洪壬癸、陳光榮多次提供重要情報，還有多位日軍通譯，以及與李長年長期配合的洪邦婕，或是考量到名額已經太多，因而都沒有提報，難免缺憾。

由於抗戰勝利，已不需要諜報網，因此，除了核定職位、軍階，頒發勛章，公文還下達命令：國研所上海站即日解散。僅僅當了一天國民政府情報站站主任，不意，日後竟為張錫鈞惹出大麻煩，甚至是入獄的主要罪責之一。

除了處理敘獎問題，上海儲存大量日軍、汪偽，以及中共的檔案，是極其珍貴的史料，亟待處理，稍一不慎很可能被當柴火焚毀，或送進廢紙廠溶解，其中，像汪偽「米統會」的資料就裝了好幾袋大麻袋。吳成方終究是位學者，對史料收藏的意義有相當概念，找了幾位助手到米統會接收後，存放在光華眼科。張錫鈞除了慷慨提供場地，還支付他們生活費用，專心判讀這些文件。幾個人梳理了三個月，整理出一式三份的報告。張錫鈞、吳成方各留存一份，另一份，張錫鈞寄給日本通，國研所所長王芃生。從米統會的資料可以瞭解日軍在何時，從哪一個地方收刮多少糧食，或其他物資，還有，哪天，哪些物資，多少數量，運送到何處。對照收刮、運送物資的數量、時間、地點與部隊移防的時間、地點，不難解讀兩者的因果關係，乃至釐析日本的侵略行為，在在是研究抗戰史重要的第一手史料。其中，還有許許多多類似洪壬癸提報部隊倉庫的報表，資料之多，之詳細。幾個人整理，撰寫報告時，對於日本人工作、記錄之敬重其事，保存之完整，不能不深深佩服，是值得好好學習。

中共地下檔案的保存也煞費苦心，吳成方急著要留存，但擔心自己的身份因此曝光，一旦曝光可能身家性命都不保。由於之前，張錫鈞已經申報，設立國研所上海辦事處，吳成方是辦事處顧問，這形同護身符。既然在國研所取得身份，吳成方不但可以繼續潛伏，而且名正言順地守護中共地下檔案，這些檔案後來完整地存入北京中央檔案館。檔案保存，本身就是意義，不但為學術界保存珍貴的第一手史料，更據以印證歷史。

戰爭期間，經常來訪的臺灣通譯，已回臺灣，光華眼科除了病患，絕少訪客，恢復醫院的清靜。抗戰勝利之後，一些善後問題的處理已告一段落，而抗日英雄情報工作，階段性任務也已完成。早先，天天與危機與壓力為伍的日子業也過去，之後的生活情境截然不同，張錫鈞終於可以專心地回歸醫療本業。此時，光華眼科已由一家總院擴充為四家，張錫鈞、張榮玉各主持一家分院，光華依舊秉持工、農低收入階層，以及軍人都不收費的原則。

看診以外的時間，在張錫祺的指導之下，張錫鈞專注於眼科醫學與臨床研究，並協助張錫祺編撰的《眼底病圖譜》、《眼病圖譜》的寫稿工作，還繪製草圖。勝利之後，回歸醫療與研究工作，相對於抗戰期間，情報工作的冒險情境，是另一種充實、規律、平靜的生活。張錫鈞覺得，這應該是為國家付出最好的回饋。

勝利之後心境已然改變，而上海遠眺東南，一生繫念的家鄉，張錫鈞奉獻十六年青春歲月，為祖國的勝利，為臺灣光復而努力。可是，抗戰勝利，回歸祖國不久，臺灣竟然陷入一片淒風楚雨之中。

疾風暴雨返故鄉

「我會乘軍艦回來！」

陳波作詞，陳泗治作曲的〈臺灣光復紀念歌〉傳唱臺灣：

張燈結彩喜洋洋，
勝利歌兒大家唱，
唱遍城市和村莊，
臺灣光復不能忘。

臺灣光復，一九四五年十月十六日，首批國軍部隊在基隆港上岸，臺灣人民「簞食壺漿」以迎國軍。十月二十四日，首任臺灣行政長官兼警備總司令陳儀抵達臺灣。二十五日陳儀代表中華民國政府接受日軍投降，日本末代臺灣總督安藤利吉簽署投降文件之後即轉交給參謀長諫山春樹，由諫山而非安藤本人呈給陳儀，如此「過門」，在場對禮儀稍瞭解，稍敏銳者都感覺陳儀處置不當。相對於安藤的倨傲，陳儀不但把自己作小，尤有甚者，方面大員的格局蕩然！很多人並不認同陳儀的表現。如此不得體的場景，很快就傳播出去。

陳儀出身日本士官學校、陸軍大學，閩變之後，一九三四年一月，接任福建省政府主席，擔任主席近八年，重要的政策有：一、糧食公賣，以穩定糧食的需求。抗戰時實施統制經濟，從生產到銷售，都由省政府管制。二、興辦學校，推行國語運動等等。但是，糧食統制政策卻導致許多官吏藉機貪污，米商乃囤積居奇，導致街坊民眾叫苦連天。對於如此景象，創辦廈門集美學校、廈門大學，旅居南洋的著名華僑陳嘉庚，一九四〇年回故鄉福建時，曾公開嚴辭抨擊陳儀，一些鄉紳也乘機向重慶的國民政府指摘陳儀的不是。然而，蔣介石竟肯定陳儀的品操，將陳儀調任行政院祕書長。

臺灣光復後，或是考量留日背景，蔣介石重用陳儀出任臺灣行政長官，但陳儀在臺灣的作為卻引起大反彈。當時臺灣最大的問題在經濟，歷經日本五十年統治，臺灣甫光復，經濟狀況極其複雜，遠非陳儀與行政長官公署祕書長葛敬恩、臺灣警備部參謀長柯遠芬等，少數幾位大陸來的要員所能理解。陳儀等人不但昧於臺灣社會、民情的多元與複雜，更不瞭解光復之後，產業界對於經濟恢復與發展的迫切期待。陳儀對於臺灣的認知可能一片空白，甚至以為已經有多年治理福建的經驗，而自以為是，竟而快意行事。陳儀難以理解的是，臺灣、福建，無論地理環境、基礎建設、財經狀況，尤其教育水準都迥然不同。因為不瞭解臺灣，導致陳儀種種「復建」的作為，不但遠遠悖逆臺灣的民意，更不符臺灣快速復原的需求。陳儀與少數幾位高層的倨傲心態，怎可能傾聽坊間的聲音，甚至體認人民的疾苦。

光復時臺灣的情形，簡略言之：被日本帝國主義者殖民統治整整五十年，已經是一個高度殖民化的經濟結構，與大陸的狀況已截然不同。再則，臺灣主要的生產設備、交通設施，原本都被來自日本國內的資本所掌控。生產機具與技術，絕大多數從日本輸入；不少原料，像化學肥料也都仰賴日本進口。多數耕地、建地，已被日本官方、大財團所控制，配合生產日本本國與南洋戰場所需要的稻米、甘蔗等農作物。民生所需的煙、酒，以及主要的外銷經濟產品像樟腦，都採專賣制度，由殖民政府嚴格管制，進而謀取大量利益。臺灣被殖民五十年的社會結構，從事工、礦人口的比率，遠遠高於大陸。而工業的根本動能——電，大陸與臺灣水利發電設施的比重，落差甚大。農業方面，臺灣的水庫，乃至水利灌溉建設亦遠非大陸所能比擬。然而，無論就從事工業的人口、設備技術，以及資本結構，也包括原來的運作模式，管理制度等等，隨著日本戰敗，幾乎於一夜之間停擺。

陳儀的作為所突顯者：經濟統制政策，與臺灣民間資本要求快速恢復、發展的步調難以相融。再則，臺灣各級政府分別接收日本的工廠，無論日資或臺灣民間資產，竟然全都以「逆產」的名目沒入。至於烟、酒、樟腦、鹽，美其名，繼續維持專賣，實則假專賣之名方便繼續剝削消費者。另，控制重要物資的供應，包括存糖悉數運到大陸，也導致米糧供輸嚴重失序。

脫序的經濟政策，致使生產銳減，分配失序，造成物資大量匱乏。終於在貨幣政策紊亂的激烈沖擊下，衍生嚴重的通貨膨漲，進而澆熄了臺灣人民對祖國的卑微期盼。

坊間還盛傳，日本於八月十五日宣布投降，八月十九日在日本本土快速印製一億元臺灣銀行券，九月九日空運來臺，大量搜購民生物資運回日本。當時在臺灣的貨幣發行量才二·三八億台灣銀行券，加印一億臺灣銀行券，短時間流通市場，物價當然跟著暴漲，然則，臺灣民間物資的庫存，早在日本宣布投降之後的短暫時間，被搜括殆盡，運往日本。嚴重的通貨膨脹，貨幣制度崩潰，也是點燃不幸事端的導火線。「張燈結彩喜洋洋，勝利歌兒大家唱」，〈臺灣光復紀念歌〉傳唱著，然而，陳儀不但幻滅了臺灣人民的期待，甚且官逼民反。臺灣光復才一年四個月，一九四七年二月二十七日，終於引發流血的不幸。二十八日，官民衝突快速漫延，而且引爆島內無分東西南北，全面流血對抗，史稱「二二八事件」。流血衝突，經過近半個月鎮壓才逐漸「平息」。其中，持續最久，規模最大的反抗組織是謝雪紅與鍾逸人等領導的「二七部隊」。

三月八日，中共中央發表〈臺灣自治運動〉文告，聲援台臺灣人民「二二八起義」，並強調：「你們的鬥爭就是我們的鬥爭，中國共產黨人熱烈讚揚臺灣同胞英勇奮鬥。」

中國學生聯合會在《學聯告臺灣同學書》宣示，「全中國人民正和你們站在一條戰線上戰鬥」，鼓舞臺灣青年「為着一個獨立自由富強的新中國而奮鬥！」

大陸廣泛聲援，臺灣人英勇抗暴，並不孤單！

料峭春風掠鐵翼

東南風雲起，
臺灣暴潮襲。
同胞待救援，
遊子返鄉急。

二二八慘案一發生，旅居大陸的臺灣鄉親立即成立「二二八慘案聯合會」，主要成員有楊肇嘉、張邦傑、張錫鈞、陳重光等等，三月五日在上海召開記者會，披露臺灣流血的不幸，十日到南京請願。提出：速派大員到臺灣宣慰同胞、懲治元凶、撫恤傷亡、釋放無辜民眾，以及取銷專賣制度等主張。

對於臺灣鄉親請願的訴求，國防部長白崇熙善意回應，指示南京空運大隊調派專機，於三月十一日，搭載「二二八事件調查慰問團」到臺灣實際瞭解。成員有：陳重光、張邦傑、張錫鈞、李長年、屠孝嚴等等，以及國防部司法司的何孝元等人同行，總共十二位。

三月十一日下午五時，迎著料峭春風，專機降臨張錫鈞魂縈午夜，奉獻大半輩子心力，甫脫侵略者魔掌的故鄉。

「我會乘軍艦回來！」

不意，造化弄人，竟然是在臺灣再次遭遇災難的情境下，搭乘軍機返回故鄉，希望協助苦難的鄉親。

簞食壺漿以迎王師，〈臺灣光復紀念歌〉傳唱著。

張燈結彩喜洋洋，
勝利歌兒大家唱，
唱遍城市和村莊，
臺灣光復不能忘。

好似才不久前的情境。

調查慰問團團員一出松山機場，但見路上不少持槍巡邏的憲兵，幾不見行人。

勝利歌兒，不久前才傳唱臺灣。臺灣甫光復，待返鄉，卻血雨腥。

一行人下榻臺北賓館。光復之前，臺北賓館是日本總督官邸，建築設計著眼於突顯日本帝國的威儀。賓館也是總督宴請賓客的地方，大樓內部相當寬敞。團員們走進賓館前庭，對建築稍有涉獵的張錫鈞好奇地流覽庭院設計，還抬頭觀看臺北賓館最搶眼的馬薩式屋頂。兩邊的衛樓，採不對稱設計，左側頂樓是望樓，右側是拱頂。大廳的地板，由櫸木拼成精緻的圖案，隔間門楣上是巴洛克造型的木構裝飾。整體而言，是由多種建築語彙所形塑的「華麗」。張邦傑、張錫鈞兄弟分配在二樓的一間臥室，進臥室放下行李時，順便打開窗子，賓館四周竟然佈滿崗哨，張邦傑一看，只冷笑幾聲，不說甚麼。

晚飯後，十二位代表聚集在裝潢精美的大廳，大家心情沉重，專注討論，無心欣賞張錫鈞眼中的建築之美。一開始，各自訴說下飛機之後的觀感，大家除了「驚訝」，幾無其他意象可言。接著，討論該當如何與陳儀對話。由於張邦傑曾經撰寫多篇有關臺灣未來的建言，直接呈送國民政府中央，對臺灣問題最熟悉，大家遂決定，與陳儀會談時，由張邦傑代表，先行陳述旅居大陸的臺灣鄉親共同的訴求。

當晚十時許，陳儀指派祕書長葛敬恩會見代表團。回顧一年四個月前，受降的場景，陳儀坦然接受日軍參謀長諫山，代表在場的總督安藤轉交受降書，受降者的尊嚴蕩然——如此不堪的情境，代表團中多人早有耳聞。而今，竟指派祕書長葛敬恩出面，接見專程從大陸回來臺灣的代表團，陳儀的行止所流露者，無乃媚外的奴顏與自侮的虛驕，令代表團非常不齒。

代表團由張邦傑代表發言，面對鮮血染紅一身官服的葛敬恩，張邦傑表情嚴肅地緩緩陳述幾項重點：

其一，懲辦元凶柯遠芬。

其二，省長以外一律民選。

其三，立即撤銷戒嚴令。

張邦傑的要求，葛敬恩並不接受，並語帶恐嚇地說：

「臺灣全島戒嚴中，請不要走出房門，否則，安全自行負責。」

態勢如此，代表團不可能再說些甚麼，也不可能再有任何作為，何孝元更擔心被扣留，回不了大陸，趁葛敬恩離開前，機靈地提議：

「明天一大早，搭乘原機返回南京。」葛敬恩點頭同意後離開。

代表團討論隔天可能的狀況，乃至於如何因應。就寢時業已早子，張邦傑、張錫鈞兄弟已經多年沒有好好相聚，好好長談，然而，從南京、上海到臺灣短短一天，所見所聞，衝擊太大，兩人躺在床上情緒起伏，除了談談臺灣的未來可能怎麼走，不知還有甚麼其他的好話題。

隔天早上，柯遠芬來到賓館，同行的兩個憲兵一進大廳，竟突然抓住張邦傑雙手。張邦傑出身軍統，官拜少將，十多年來奔走中國內地，從事敵後工作，走過多少生死關頭，渡過多少驚險駭浪，不久前才爭取出任臺灣省長，如此身份與閱歷，豈是區區柯遠芬與兩個憲兵能夠嚇住。張邦傑倨傲地與憲兵僵持片刻，何孝元即強行拉開，並擋在張邦傑前面，柯遠芬終於氣憤憤地示意放行。

飛機起飛，很快到了臺灣海峽上空，但見何孝元幾次深呼吸，顫抖著嗓子，輕聲說：

「感謝老天！所有人都安全登機！」

「感謝老天！所有人都安全登機！」

奉命陪同赴臺，何孝元責任之重，壓力之大，澈夜未闔眼。代表團全都安全登機，何孝元的壓力頓時釋放，一路上緊閉雙眼，癱坐椅子上。

「我會乘軍艦回來！」張錫鈞卻搭乘軍機返鄉不打緊，竟然只過了一晚，就被迫再次告別故鄉。

飛機上，張錫鈞思緒一片茫然。

回到大陸，卸下長江一號的光環，一海之隔的家鄉又深陷苦難之中，匆匆一瞥即告別，往後的日子，張錫鈞又將怎麼走？

君不見詩曰：

人間無事卻有事，
行走江湖非有意。
長江一號何處去？
蒼茫北疆忍遠棄！

壯闊歌謠萬古傳

長江一號，中國對日抗戰的傳奇，傳唱張家兄弟，以及中國人身處悲情歲月時的奮勵。而張錫鈞身處硝煙四起的動盪，一介匹夫，以打敗寇讎恢復故土為職志，以無畏的堅毅從事諜報的鬥爭，其志業，述說多少悲情與昂揚。強者的一生傳奇，實乃體現對斯土斯民的悲憫情懷。更值得尊敬的是，隱姓埋名，不求回報。

過盡一幕又一幕狂飆的悲劇，歷經一次又一次痛徹心肺的洗滌，壯闊璀璨的樂章終將鳴奏！

張家親屬譜繪壯闊歲月：

人間難得張家三兄弟，為報一八九五年乙未之仇，光復父祖立身之地；為民族，為國家，而返回大陸。無畏戰地烽火與日寇鐵蹄，深入龍潭虎穴，竟而擊敗寇讎。

張錫祺，於一九三六年研究免疫體及細菌毒素通過眼角膜的實驗成果，代表中國在日本眼科學會宣讀論文。因論文頗獲肯定，母校千葉醫學大學授予博士學位，但張錫祺基於愛國心，拒絕接受。不過，獲得殊榮之後，岳父馬場大佐承認張錫祺是正式女婿。

抗戰甫勝利，上海灘曾盛傳，張錫祺將出任臺灣大學校長。光復初期，曾擔任臺灣行政長官公署參議，一九四七年吳森鴻因當選國民參政員而辭職，由張錫祺遞補為新竹選區縣參議員，似有心於臺灣。但張錫祺任職僅十個月，一九四八年就辭職回上海。由於安徽醫療資源缺乏，一九四九年底年開始，逐漸將東南醫學院遷往合肥，並更名為安徽醫學院，張錫祺出任院長。張錫祺曾撰寫中國第一部《眼底病圖譜》與《眼病圖譜》，並以《眼底病圖譜》參加一九五八年柏林博覽會獲獎。一九五八年初，周恩來與朱德先後邀請張錫祺到北京任職，但張錫祺選擇留守在安徽醫學教育的崗位。

張邦傑，臺灣光復後參與國民政府接收臺灣工作，爭取出任臺灣省第一任省長未果。張邦傑曾短暫擔任行政長官公署參議兼祕書，排名僅次於葛敬恩祕書長。二二八事件發生時，已經離開臺灣行政長官公署，人在上海，乃為同胞奔走。二二八事件善後工作告一段落，留在臺灣。晚年創辦中華拳擊協會，擔任理事長，曾邀請美國拳王喬路易到臺灣舉行表演賽。創辦世界紅萬字會，出任會長。創辦《金融徵信雜誌》，擔任發行人。張邦傑大半生以革命為業的英雄人物，竟齎志而歿。

張錫鈞因潘漢年、揚帆案波及，一九五八年被判重刑，解送青海，一九八〇年才平反。或是一生波瀾壯闊，過眼盡是起伏波折的情狀，而青海，日復一日，實乃回歸看診的生活，或也是一種工作。身在青海，然，內心應已昇華，且無視禁錮的災厄，得能度過多少歲月酷寒。張錫鈞外甥顏世鴻，以近百字貼切地描述張錫鈞一生：「為民族，為國家，為一口不能吞忍的俠氣，空身赤拳深入龍潭虎穴。為報乙未之仇，光復父祖立身之地，在中國大陸，於祖國蹉跎、失序的環境下，不得不棄世而去，始終繫念著，苦難的祖國、家人，直心中難捨，眼睛難閉。」三復斯言，令人感嘆不已！

二〇一五年，張錫鈞家屬獲頒「中國人民抗日戰爭勝利七十週年」紀念章。

張榮玉也被潘漢年、揚帆案波及，不得看診，負責清理醫院廢棄物工作長逾十年。文革結束之後，鄧小平為潘漢年，以及對日抗戰時期在國民政府統治區從事地下工作的情報員恢復名譽，張榮玉才平反。平反之後，重新穿上醫師白袍，戴上白帽，繼續從事他一生最熱愛的醫療工作。

顏興，沒能夠到上海協助張錫鈞。由於返回臺灣時，已被日本特別高等警察盯上，而難有作為。臺灣光復後，棄醫從政，曾擔任接收委員，負責接收臺南慈惠院與臺南圖書館等，一九四七年擔任「內政部調查站臺南副站長」，曾任臺南市北區區長，兩屆臺南市議員。顏興還致力於臺南歷史、地理的研究與撰述，曾擔任臺南市文史協會第一任理事長。

郭漢海，臺灣光復後返臺，以眼科為業，絕口不提往事，晚年幸福，無事而終。

幕漸下

長江一號 : 張錫鈞傳奇 / 吳昭明作 . -- 一版 . -- 臺北市 : 時報文化出版企業股份有限公司 , 2025.07
面； 公分 . -- (Story ; 119)
ISBN 978-626-419-549-2(平裝)

863.57 114006493

ISBN 978-626-419-549-2
Printed in Taiwan

Story 119
長江一號——張錫鈞傳奇

作者 吳昭明｜**主編** 謝翠鈺｜**企劃** 鄭家謙｜**封面設計** 朱疋｜**美術編輯** SHRTING WU｜**董事長** 趙政岷｜**出版者** 時報文化出版企業股份有限公司 108019 台北市和平西路三段 240 號 7 樓 **發行專線**—(02)2306-6842 **讀者服務專線**—0800-231-705・(02)2304-7103 **讀者服務傳真**—(02)2304-6858 **郵撥**—19344724 時報文化出版公司 **信箱**—10899 台北華江橋郵局第九九信箱 **時報悅讀網**—http://www.readingtimes.com.tw｜**法律顧問** 理律法律事務所 陳長文律師、李念祖律師｜**印刷** 綋億印刷有限公司｜**一版一刷** 2025 年 7 月 4 日｜**定價** 新台幣 420 元｜缺頁或破損的書，請寄回更換

時報文化出版公司成立於 1975 年，並於 1999 年股票上櫃公開發行，
於 2008 年脫離中時集團非屬旺中，以「尊重智慧與創意的文化事業」爲信念。